N&K

Maja Peter

Wenn du nicht wärst

Roman

NAGEL UND KIMCHE

1. Auflage 2024
Originalausgabe

in der Verlagsgruppe
HarperCollins Deutschland GmbH, Hamburg
Gesetzt aus der Centennial
von GGP Media GmbH, Pößneck
Druck und Bindung von CPI books GmbH, Leck
Printed in Germany
ISBN 978-3-312-01348-7
www.nagel-kimche.ch

Druckprodukt mit finanziellem
Klimabeitrag
ClimatePartner.com/15109-2009-1001

FSC
MIX
Papier
FSC® C083411

Prolog

Hunde und Halter, Kinder und Kinder, Jogger und Joggerinnen rennen in mein Sichtfeld und wieder hinaus. Alles ist möglich, frohlockt der Märzwald, und ich frage mich, ob ich eine dramatische oder heitere Liebesgeschichte erzählen soll. «Sie muss zum Titel *Szenen einer Liebe* passen und darf nicht nach mehr als einer Schauspielerin und einem Schauspieler verlangen», ist mir die Regisseurin in den Ohren. «Wenn nötig, kannst du auch meine Tochter für eine kleine Rolle einplanen.»

Der Wald kläfft. Wenn ich an Liebe denke, denke ich daran, was mir fehlt. Umschlungen einzuschlafen, eine Beobachtung zu teilen, beim Zähneputzen etwas erzählt zu bekommen.

Der Gedanke treibt mich in die Küche. Ich warte auf das Lichtzeichen der Kaffeemaschine, stelle eine Tasse unter den Brühhahn. Das Wort Liebe kommt mir wässrig vor. Täglich wird alles Mögliche hineingeschüttet. Ein lächelndes Paar mit Eigenheim, Hochzeitskleider, Sonnenuntergänge. Das dichte Braun des Kaffees duftet hingegen nach Konzentration.

Am Waldrandfenster bellt es noch immer und die Frage «Tragödie oder Romanze?» hängt über meinem Pult. Können Kläffer nicht schweigend spurten?

Falsche Frage. Eine Liebesgeschichte vom Ende her zu denken, wäre Verrat an der Liebe. Lieber beginne ich mit dem Anfang; da streckt sich alles aus, wächst sich entgegen. Danach folgen Momente. Liebevolle, unaufmerksame, verunsichernde, wache, belustigende, verletzende. Das Ende hängt von der Geduld der Liebenden ab oder von der Länge des Theaterstücks.

Im Wald tappen Kleinkinder in signalgelben Westen einer Frau hinterher. Ein Kind stolpert, fällt auf die Knie.

Kann man aus einem Drama eine Romanze machen, indem man die Geschichte nicht am hoffnungslosesten Punkt beendet?

Das altgediente Buch auf meinem Pult gibt keine Auskunft, doch seine Seiten lassen mich mitten in einer Geschichte von Königen und Königinnen landen, deren Liebe zu Inzest, Verrat und Tod führt. Die Zeile «Geh jetzt, lass die Kinder los!» lässt mich auf die Uhr schauen. Es ist Zeit für die Schülervorträge über Mythen.

I

Jovan und Samir nehmen die Zeichnung von Sisyphos mit dem geschulterten Felsbrocken von der Wandtafel und setzen sich befreit an ihre Plätze. Nun sind Samantha und Ava dran. Natürlich beginnt Ava. Auftreten und sprechen kann sie, mag sie. Ich erwidere ihren Blick und nicke, damit sie anfängt.

«Die Geschichte von Ödipus ist einer der bekanntesten Mythen», sagt Ava und macht eine Pause, wie ich es den Schülerinnen und Schülern beigebracht habe. Dann erzählt sie, was auf Wikipedia zu lesen ist, aber sie erzählt es in anderen Worten. Ich setze auf meinem Bewertungsraster unter «Eigenständigkeit» ein Häkchen.

«Dic alten Griechen haben geglaubt, dass wir dem Schicksal nicht entrinnen können», fährt sie fort, dann erklärt sie, was ein Orakel ist. Hier übernimmt Samantha, die mit an den Körper gepressten Armen neben Ava steht. Beinahe unhörbar sagt sie: «Ödipus wächst bei Pflegeeltern auf, damit er nicht seinen Vater, einen König, umbringt, wie es das Orakel prophezeit hat. Aber das weiss er nicht.» Ihre Hände klammern sich aneinander, als müsste sie jeden Moment einen Volleyball abwehren können. Ich schaue sie an, atme theatralisch aus, damit sie nicht noch mehr Luft einsaugt. Sie löst die Hände, spricht weiter. «Als Erwachsener ist Ödipus ein erfolgreicher König, bis eine Seuche viele Menschen in seinem Land umbringt. Weil eine Seuche früher keine Virenpandemie, sondern eine Strafe der Götter war, will Ödipus wissen, warum sich die Krankheit nicht ausrotten lässt.» Ich mache ein Häkchen unter «Sprache» und widerstehe meinem Drang, «lauter» zu rufen.

Samanthas Händen scheint baumelnd nicht wohl zu sein. Die Finger verschränken sich für den Satz: «Obwohl seine Mutter alles unternimmt, damit Ödipus die Wahrheit nicht erfährt, findet er die Ursache des Götterzorns heraus: Er hat als junger Mann unwissentlich seinen körperlichen Vater umgebracht, weil er ihn für einen Banditen hielt. Danach hat er unwissentlich seine körperliche Mutter, Königin Iokaste, geheiratet. Dafür bestrafen die Götter sein Volk und ihn mit einer Pandemie.»

Ava stupft Samantha, flüstert so laut, dass es alle hören können: «Du musst noch sagen, dass damals jedes Volk seine eigenen Götter hatte.»

Samantha nickt und schliesst mit: «Ende des Vortrags.»

Klatschen.

«Ergänzungen, Kommentare?», frage ich in die Klasse.

«Ödipus kann doch nichts dafür, dass er seine Mutter geheiratet hat!» Jovan scheint tatsächlich empört zu sein über die antiken Götter.

Samir schaut sich nach Publikum um, bevor er laut sagt: «Das ist alles total unrealistisch. Wer heiratet schon eine Frau im Alter seiner Mutter!»

Das Lachen der Klasse wird vom Pausengong übertönt.

2

Mein eiliger Atem verhallt in der ehemaligen Stallung, meine Schritte klacken. Die anderen stehen schon vor der Bühne.

Bei der Begrüssung überrascht mich Kims Stimme mit einem hohen, seidenen Klang. Janos hat einen leichten ungarischen Akzent, wie ich es mir vorgestellt habe. Sophie umarmt mich stürmisch. «Endlich darf ich wieder einmal deine Regisseurin sein!» Sie zieht mich zur Bühne.

Die ist nicht leer. Am vorderen Rand stehen ein Bistrostuhl und eine Videokamera, dahinter ist eine Wohnküche aufgebaut, eine Leinwand bildet die Rückwand. «Was wird hier gespielt?»

Sophie zuckt mit den Schultern. «Weiss nicht. Für die kurze Improvisationsrunde heute finde ich dieses Bühnenbild aber ganz interessant.» Sie sieht zu den beiden Schauspielern. «Nicht wahr?»

Kim und Janos nicken, setzen sich in die Bühnenküche. Plötzlich wettert Kim gegen die Tischkante und zupft an ihren Strümpfen.

Sophie schwenkt eine Thermoskanne. «Kaffee?»

Bevor ich ablehnen kann, schüttet sie das durchsichtige Gebräu in vier Tassen und schaut die beiden an.

«Carla und ich möchten *Szenen einer Liebe* mit euch zusammen entwickeln. Das heisst, ihr improvisiert heute.» Sophie trinkt einen Schluck Kaffee, blickt in die Runde. «Kurze Vorstellung, bitte.»

Da ich davon ausgehe, dass Janos und Kim längst nachgeschaut haben, was ich bisher geschrieben habe, erwähne ich bloss, dass Sophie und ich seit der gemeinsamen Schulzeit befreundet sind und nicht zum ersten Mal zusammenarbeiten.

Die beiden nehmen sich mehr Zeit, über sich zu sprechen. Sie zählen ihre vergangenen Rollen und Spielorte auf. Ausser ihrem Marktwert sagt das nichts aus, aber sie könnten Beipackzettel vorlesen und ich hörte ihnen gerne zu.

Kim fragt, was ich mir für die Impro wünsche.

«Wie wär's, wenn ihr für mich Liebe fändet?»

Kim und Janos schauen mich fragend an.

Mein Lachen löst ihre Irritation. «Improvisiert zum Thema *Nicht die erste Liebe*.»

Kim kreuzt die Arme unter der Brust und sieht in sich hinein, Janos dreht den Kopf zum Bühnenbild.

«Bin ich eine Frau?», fragt Kim.

«Wie es dir beliebt. Ihr seid seit drei Monaten zusammen.»

Nach einer Weile schaut Janos Kim an. «Bereit?»

Sie nickt. Sophie und ich setzen uns in die erste Reihe der Zuschauertribüne. Die Laufmasche in Kims Strumpfhose ist bis zur Stiefelette hinuntergewandert. Würde mich auch ärgern.

Kim beginnt mit dem Spiel.

Sie öffnet einen Küchenschrank und entnimmt ihm eine Flasche Weisswein.

Er tritt zu ihr und wickelt eine ihrer Haarsträhnen um seinen Zeigefinger.

Hab ich dich. Mit jeder Liebe tut sich das Leben neu auf.

Sie küsst ihn, dann dreht sie sich von ihm weg, um ihre Strähne von seinem Finger zu lösen. Pantomimisch entkorkt sie eine Flasche.

Neu, sagst du. Ich öffne den Wein auf die gleiche Weise wie vor zwanzig Jahren. Du wirst das nicht ändern.

Er stellt zwei Tassen vor sie, damit sie den fiktiven Wein eingiessen kann.

Stört mich ebenso wenig wie die Laufmasche an deinem Bein. Prost!

Sie prostet ihm zu. Dann verlässt sie das Spiel und sieht sich suchend um. Entschlossen setzt sie sich auf den Stuhl am vorderen Bühnenrand, schaltet die Kamera ein. Da der Beamer nicht läuft, ist auf der Leinwand nichts zu sehen. Sie ignoriert es und spricht ins Publikum.

Du und ich. Ich könnte damit beginnen, dass

du nicht gerne früh aufstehst oder dass du dich lustig machst über mein Aufzehenspitzenstehen und Dochnichtganzhinkommen. Ich könnte damit anfangen, dass ich Angst habe, dich zu verlieren. Ich könnte erwähnen, dass ich mich frage, ob ich deine grosse Liebe bin oder einfach eine, die sich nach der letzten ergeben hat.

Er ruft ihr von hinten zu.

Gross? Ich spreche lieber von bedeutender Liebe. Aber das weiss man erst hinterher.

Sie dreht ihren Stuhl, um in seine Richtung zu blicken.

Früher dachte ich, dass *ein* Mensch für mich bestimmt ist und dass mich das Schicksal zu diesem Menschen führen wird. Wir würden uns ohne Worte verstehen, dachte ich.

Sie nimmt ihr Mobiltelefon aus der Tasche, wischt mit dem Mittelfinger darüber.

Doch dann kamen er und er und er und er.

Er hält sich die Augen zu.

Ich notiere Kims «ohne Worte». Weshalb wird Sprache in der Liebe als Makel angesehen? Bedingt Liebe Unbewusstheit? Ich setze ein Ausrufezeichen, um darüber nachzudenken.

Er stellt sich neben sie und deutet mit dem Zeigefinger auf Fotos in seinem Telefon.

Durch sie und sie und sie habe ich Worte
gelernt. Worte fürs Begehren, Worte für
Unsicherheit. Nun habe ich Worte gegen
die Angst in deiner Stimme, die wissen will,
ob ich jemandem nachtrauere. Die Worte
lauten: Mit jeder Frau ist anderes möglich.

Er umarmt sie.

Du bist nicht meine Vorstellung einer
Geliebten, du bist meine Geliebte.

Du, ich. Mir fehlt das *Wir* der Vereinnahmung und Pläne. Das *Wir* eines Paares, vielleicht auch einer Familie. Es soll sich zum *Ich* gesellen wie der *Kreis* zu *Freundes*.

Die Schauspieler beginnen zu tanzen und *Miracle of Love* von den Eurythmics zu summen.

Ich zeige dir was Schönes
Ja, etwas Schönes
Wenn du dich öffnest
wirst du entdecken
dass da etwas ist, wonach du dich sehnst

Kim und Janos bleiben also beim *Ich* und *Du* und der Behauptung, dass man etwas tun kann für die Liebe. Ich sehe durch die beiden hindurch auf meine Zweifel.

Sophie schaut mich fragend an. Ich nicke. Für den Moment habe ich genug zu sehen bekommen.

«Prima, danke», ruft sie zur Bühne. «Lasst uns in einer Woche wieder treffen.»

Nachdem Janos und Kim den Raum verlassen haben, packt Sophie meine Hand, die ich über ihre Schulter gelegt habe, biegt sich zur Seite und zieht mich am Handgelenk vom Boden hoch. Ich hüpfe, verliere beinahe das Gleichgewicht. Sie lässt mich los, sagt: «Vertrau. Die Liebe findet dich, wenn du offen bist dafür.»

3

Auf dem Fahrrad umwehen mich wie so oft Stimmen. «Vertrau», «Ödipus kann doch nichts dafür».

Hinter mir hupt es. Ich hebe entschuldigend den Arm, spure ein.

Weshalb spricht Samantha so leise? Mag sie es, dass jeder, der sie verstehen will, sich zu ihr neigen und an ihrem Haar schnuppern muss?

Ein Blick über die Schulter, niemand hinter mir. Vielleicht denkt Samantha, Leisesein sei ein Versteck vor dem Erwachsenwerden. Oder bringt ihr zu Hause jemand bei, dass eine Frau ihre Kraft nicht zeigen darf?

Eine Ampel wechselt auf Rot.

Bei Grün will ich mich wieder auf den Sattel schwingen, doch im Schaufenster neben mir lockt eine Schwarz-Weiss-Fotografie. Ich rolle das Fahrrad über den Rinnstein, beuge mich hinunter, um das Bild genau zu betrachten. Wie jeder, der in dieses Schaufenster guckt, schaue ich einer vergilbten Nackten auf den Po. Die Frau blickt über ihre Schulter zurück. Ich sehe, dass du mich anschaust, sagen ihre Augen. Du brauchst dich nicht zu schämen.

Ich äuge in den Laden, um zu sehen, wofür die Nackte werben soll. Zwischen Tischen und Sesseln fängt ein gut aussehender Mann in weissem Hemd und verwaschenen Bluejeans meinen Blick auf und winkt mich hinein. Ich lehne das Fahrrad neben das Schaufenster und folge dem Wink.

Der Ladenbesitzer grüsst mich, als würde er sich freuen, mich zu sehen. Um etwas zu tun, lasse ich mir das Foto reichen. Die kecke Schamlosigkeit der Frau gefällt mir, die Selbstverständlichkeit ihres prallen weissen Fleisches fasziniert mich. Diese Frau ist. Spräche sie, täte sie es unüberhörbar.

«Der Nackedei lässt niemanden gleichgültig», sagt der Ladenbesitzer. «Es kamen schon Leute herein, die mich aufforderten, das Foto augenblicklich aus dem Schaufenster zu nehmen. Andere wollten es sofort kaufen.» Er legt einen Karton voller vergilbter Postkarten vor mich. «Schau dir die an.» Er zeigt auf das kolorierte Bild einer Frau im Burleske-Look. An seinem Finger prangt ein grober Silberring.

Ich lasse mir die Postkarte geben.

«Darf ich dir sonst noch etwas zeigen?»

Meine Augen schweifen durch den Laden. Die Spiderstühle sind mir zu teuer, ein Nierentischchen habe ich bereits und ein Corbusiersessel wäre bei mir zu Hause fehl am Platz. Mit Blick auf eine gerahmte Fotografie des verstorbenen thailändischen Königs über der Ladentüre sage ich: «The king and you.»

«Mit Autoritäten hab ich's nicht so», lacht der Ladenbesitzer. «Aber diese Aufnahme zeigt keinen Herrscher.»

Ich folge den königlichen Augen, die aufs Nirgendwo

gerichtet sind. Ich halte mich fern, drücken sie aus. Ich stehe über euren Sorgen und Seuchen.

«Warum sehe ich dich heute zum ersten Mal?»

«Weil ich sonst nicht in dieser Gegend arbeite.»

«Was arbeitest du?»

«Ich schreibe an einem Stück fürs Theater und bringe Jugendlichen bei, wie man vor Menschen redet.» Ich strecke ihm die Postkarte mit der Burleske-Tänzerin entgegen. «Die nehme ich.»

Beim Einstecken der Karte in eine Zellophanhülle sagt er: «Du bist ein schöner Mensch. Ich würde dich gerne wiedersehen.»

4

Offen sein. Meint Sophie damit, dass ich mich vom Wunsch nach gemeinsamen Interessen mit einem Partner verabschieden soll? Oder soll es mir egal sein, dass ein Lebensgefährte sich mit seiner Pensionierung beschäftigt, während ich mich mit Geldverdienen abstrample? Oder dass er kleine Kinder hat und ich die Sonntage entweder allein oder im Streichelzoo verbringen müsste?

Die Schaltung klickt, sie ist bereit, mich den Berg erklimmen zu lassen. Entschlossen trete ich in die Pedale.

Ich bin nicht verschlossen. Ich will bloss nicht mehr verloren gehen. Nicht mehr verleugnet werden, weil ein Typ nicht Manns genug ist, zu mir zu stehen. Nie mehr. Ich strample die schlimme Erinnerung weg, verspreche mir: Der nächste Mann lädt mich in sein Leben und in seine Familie ein, sonst kann er mich.

Angespannt kette ich mein Fahrrad ans Gestänge vor dem Haus, betrete meine Wohnung. Wer sich Liebe wünscht, vermutet sie auch dort, wo sie nicht ist. Davor fürchte ich mich.

Im Kühlschrank gibt es noch Tonic. Das Eis knackt leise, als es darüberrinnt. Seit dem Verleugner weiss ich nicht mehr, ob das, was ich als zu mir passend betrachte, das ist, was mir guttut.

Ziehen sich Gegensätze an?

Gesellt sich Gleiches zu Gleichem?

Vermutlich ist es wie im Theater: Bevor etwas nicht ausprobiert ist, kann niemand wissen, ob es funktioniert.

Ein Prost aufs Ausprobieren! Das Tonic kräuselt sich an meinem Gaumen. Ein Mann in einem Möbelladen. Ich hole seine Visitenkarte aus der Tasche. Samuel Feldman. Soll ich? Um offen zu sein, schreibe ich ihm vom Sofa aus eine ungenaue Nachricht.

Sofort erklingt ein Signalton. *Hi, Carla, darf ich dich zum Essen einladen?*

Darf er?

Seit sich Männer um mich bemühen, die nicht frei sind, bin ich unfrei. Ich will nicht zur Gelegenheitsgeliebten werden oder zum Kick, der die Beziehungen anderer erträglich macht. Mich überkommt die Wut von damals, als ein Bühnenbildner zu mir sagte, was hältst du davon, wenn wir einmal Sex haben? Nur einmal, wegen meiner Frau. Danach tun wir, als hätte er nicht stattgefunden.

Ich antwortete kühl, wenn ich Sex habe, finde ich statt, sonst interessiert er mich nicht. Glaubte der Idiot ernsthaft, eine allein lebende Frau sei so arm dran, dass sie sich auf jeden einlässt, der unbefriedigt ist?

Ich hätte ihn kränken sollen.

Facebook enthüllt nicht, ob Samuel Single ist. 53 Jahre alt. Seit drei Jahren führt er den Laden, der schon zwei Mal mit Gold ausgezeichnet wurde. Er hat eine Schwester namens Melanie und eine Mutter namens Agnes. Ihre Nachnamen unterscheiden sich von seinem.

Hätte er «schöne Frau» gesagt, ich würde mich fragen, welche Begierden damit verknüpft sind. Aber er hat «schöner Mensch» gesagt.

Gerne.

Donnerstagabend beim Thai hinter dem Bahnhof?

Ein teures Lokal. Passt dort der Lederjupe hin? Oder findet Samuel Jeans mit schicken Schuhen schöner?

Schäm dich, gefallen zu wollen!

Nein. Warum sollte ich. Die Zeiten, als ich mich davor fürchtete, nicht ernst genommen zu werden, sind vorbei.

Ich lege mich aufs Sofa.

Nach einem Schlummer geht's ans Vorbereiten der nächsten Schullektionen: Übungen für Vorstellungsgespräche. Arbeitgeber und Arbeitgeberinnen wollen im Lebenslauf Leistung sehen, werde ich wie immer sagen. Eine Leistung könne sein, dem Bruder bei den Aufgaben zu helfen oder regelmässig zu trainieren. Hauptsache, sie erzählten eine stimmige Geschichte.

Einmal spöttelte einer, der die Klasse wiederholt hatte: «Meinen Sie so?», er verstellte die Stimme: «Wenn andere davonlaufen, bleibe ich sitzen.» Zu meiner Freude schien er nicht von Scham geplagt zu sein. Ob er weiss, dass Scham Menschen auf Distanz hält – auch jene, denen mensch gerne nah wäre?

«Ein Witz kommt fast immer gut an», sagte ich. «Und die Wahrheit sowieso.»

Ein Eichhörnchen wieselt auf eine Waldrandbuche hinauf, während ich am Computer Dokumente auf die

Lernplattform der Klasse hochlade. Mir fällt das wutentbrannte «Schäm dich!» von Mutter ein. Ich war zwölf und hatte abgestritten, dass ich von einem Jungen, in den ich verliebt war, einen Liebesbrief zugeschickt bekommen hatte. «Du lügst mich an!», schrie Mutter unter Tränen. Sie durchschaute nicht, dass ich aus Scham log.

Das Eichhörnchen wagt sich bis zur Spitze eines Asts. Er winkt mir wippend zu.

Vielleicht ertrug Mutter genau das nicht: dass ihre Tochter aus Scham log. Du kannst mir alles erzählen, sagte sie immer. Aber ich konnte nicht. Ich war nicht die Offenherzige, die sich Mutter wünschte, und ich schämte mich dafür, dass ich es nicht war.

5

Schon geht's los mit dem Werweissen, dem Wissenwollen, dem Nichtzufragentrauen.

Carla, es ist ein Spiel.

Das Lichtsignal stoppt mich und lässt die Fragen und Antworten, die seit gestern hin und her geflogen sind, aufploppen. Ob ich Kinder habe. Samuel fragte nicht direkt, dafür ist er zu elegant.

Wenn er wüsste, was es bedeutet, Geld verdienen zu müssen neben dem eigentlichen Beruf. Ich hätte die Kraft fürs Erziehen nicht gehabt.

Was soll das Gehupe hinter mir? Kutscher, ich kann nichts dafür, dass deine Karre grösser ist als deine Fahrkunst.

Mir fällt der Typ ein, der beim ersten Date meinte, er könne nur mit einer Frau zusammen sein, die ein eigenes Auto habe. Wie wird Samuel darauf reagieren, dass ich bescheiden leben muss?

Sagt er, wir passen nicht zueinander, mein Lifestyle ist ein anderer?

Oder: Macht nichts, mein Gehalt reicht für uns beide.

Was ich früher abgelehnt habe, scheint mir heute verlockend: Einen Haushalt für zwei zu schmeissen statt nur für mich, und als Entschädigung dafür dürfte ich auf den Brotjob verzichten. Hielte ich finanzielle Abhängigkeit aus?

Die Ampel für die linke Spur wechselt auf Rot, gleich ist meine grün. Ich schwinge mich auf den Sattel und fahre kurz vor Farbwechsel an.

Kaum stehe ich im Klassenzimmer, vertreiben Gegröle und Gerangel alle Gedanken, die nichts mit der Situation zu tun haben.

Setzt euch, bitte. Mobiltelefon in die Tasche.

In die Tasche, habe ich gesagt.

Sie! Ich finde mein Heft nicht.

Sie! Ich habe mich entschieden. Ich will Anwalt werden.

Und ich mache ein Praktikum bei einer Prostituierten.

Lachen.

Sie! Mit welchem Beruf verdiene ich viel Geld? Also richtig viel Geld?

Eins nach dem anderen. Zuerst schreibt jeder und jede für sich auf: Was macht mich aus?

Ratlose Blicke.

Lily, was macht dich aus?

Ich bin Schweizerin, ich habe dunkelbraune, lange Haare, ich bin gut in Mathematik, ich mag Katzen, höre Rihanna, meine Lieblingsfarbe ist Gelb.

Ich habe Leidenschaften erwartet, Charakterzüge.

Was machst du, wenn du wütend bist?

Was machst du, wenn eine Freundin nicht weiterweiss?

Wie reagierst du, wenn du etwas nicht verstehst?

Ich schreibe die Fragen an die Wandtafel und beauftrage die Jugendlichen, zu jeder Frage mindestens einen ganzen Satz zu notieren. Vielleicht kommen wir so zum Kern der Persönlichkeiten.

Ihre Konzentration erlaubt es mir, meinen Laptop aufzuklappen und kurz Samuel zu schreiben. *Was wolltest du mit fünfzehn werden?*

Grafiker. Mein Stiefvater war befreundet mit Werbeleuten und besorgte mir eine Lehrstelle.

Warum bist du es nicht geblieben?

Bevor er antwortet, stehe ich auf, um durch die Reihen zu gehen und Fragen aufzulesen. Adi hat die Aufgabe nicht verstanden, Lily ist sich nicht sicher, ob sie im Haushalt hilft.

Bringst du nach dem Essen deinen Teller in die Küche?

Klar.

Ich schweife zur Frage, ob Samuel kochen kann, ob er liest, ob er sich für Kunst interessiert. Dafina holt mich mit einem Satz, von dem ich glaubte, er sei das letzte Mal vor fünfzig Jahren gesagt worden, zurück:

«Sie! Ich brauche keinen Beruf. Ich werde Mami.»

Ich sage nicht, was mir auf der Zunge liegt. Ich sage, sie könne nicht davon ausgehen, dass eine Person allein genug verdiene, um eine ganze Familie durchzubringen.

«Mein Mann schon, sonst wird er nicht mein Mann», antwortet sie. «Das ist bei uns so.» Ihre Freundin nickt.

Ich ignoriere den Einwurf. «Wenn du Kinder magst, ist vielleicht Geografielehrerin ein Beruf für dich.»

Sie schüttelt den Kopf. Sie interessiere sich für Schönes. Um nichts Naheliegendes zu hören, sage ich rasch, sie solle nachschauen, was eine Industriedesignerin mache. Eine Berufswahl soll aus der Fülle heraus getroffen werden, nicht aus dem Mangel an Vorstellungskraft oder Selbstvertrauen.

Dafina beugt sich über das Tablet, das ich ihr gebe. Mindmaps auf den Tischen und leise Gespräche unter den Schülerinnen und Schülern erlauben es mir, mich wieder zu setzen. Samuel hat geantwortet. Er habe das Gehabe in den Agenturen nicht gemocht. Mit seinem Freund Miles einen Bierladen zu führen, habe ihm mit zwanzig mehr entsprochen. *Kommt das jetzt in deinem nächsten Theaterstück vor?*

Ich biete dir die Rolle eines Bierkönigs an, antworte ich. Dass alles, was ich beobachte und erlebe, zu Stoff werden kann, erkläre ich ihm ein anderes Mal.

Aber nur, wenn du mich dann Durchlaucht nennst.

Du Laucht! Ich freue mich aufs Wiedersehen.

6

Ich könnte vor Freude eine Buche hinaufwieseln, doch als ich den Proberaum betrete, behalte ich das für mich.

«Wie war's mit dem Ladenbesitzer?»

Mehr, als Sophie sehen kann, gebe ich nicht preis. Ich möchte nicht in ein paar Tagen zugeben müssen, dass nichts ist. Da waren schon zu viele Essen, Kaffees, Spaziergänge.

Sophie lächelt wissend, ruft dann Janos und Kim, die sich für die Probe umziehen, zu: «Wisst ihr was? Ihr spielt heute Carlas Date. Einverstanden, Carla?»

Überrumpelt stimme ich zu.

«Wer ist er?», fragt Janos.

«Du spielst einen Möbelhändler, der unzählige Beziehungen gehabt hat – die längste hat vier Jahre gedauert», antworte ich. «Der Mann ist ein Scheidungskind.»

«Wie wir alle», sagt Kim gelangweilt.

Ich schaue zu Sophie, hebe die Augenbrauen. Warum sollen Figuren mit alltäglichen Geschichten keinen Platz haben auf der Bühne? Versteht Kim Theater als Revue des Überzeichneten, das vor allem Spass machen soll?

Sophie scheint zu verstehen. «Schreib das nächste Mal eine Vorlage, dann sehen wir, ob Kim die richtige Besetzung ist», raunt sie. Laut sagt sie: «Genau. Spielt die erste Begegnung in seinem Laden.»

Janos und Kim stellen ein paar Stühle und einen Tisch auf die Bühne. Auch Tassen, Flaschen und einen Kleiderständer tragen sie ins markierte Rechteck.

Der MANN legt sich unter einen Stuhl und tut, als würde er an dessen Unterseite an etwas schrauben. Die FRAU, die eine Tasche über der Schulter hängen hat, betritt den Laden und schaut sich um.
Niemand hier?

Sie steckt heimlich eine Tasse in die Tasche und schnappt sich einen Stuhl. Er, der sie beobachtet hat, steht blitzschnell auf, geht ihr strahlend entgegen.
Auf eine besitzergreifende Person wie dich habe ich gewartet. Willkommen in meinem Leben.

Sie tut, als würde sie den Stuhl ausprobieren.
Besitzen beruhigt.
Sie rutscht auf dem Stuhl herum.
Ich will mich nicht in Sesseln setzen, aber vorhin hast du ausgesehen wie ein Automechaniker unter einem Pferd.

Er lacht.
Und du wie eine Ladendiebin.

Er zieht einen Schal aus seiner Jackentasche und fesselt ihr damit die Beine an den Stuhl. Sie schaut ihm zu. Erst als er nach ihrer Tasche greift und sie öffnet, faucht sie ihn an.

Pfoten weg.

Unbeeindruckt öffnet er die Tasche und zieht die Tasse heraus.

Stibitzt du auch Küsse?

Sie senkt beschämt den Kopf.

Aus Küssen kann man keinen Kaffee trinken.

Er entfernt sich und füllt Kaffee in die Tasse. Er reicht ihr den Kaffee.

Sie trinkt.

Wo der Kaffee gut ist, soll man bleiben, sagte meine Oma. Bist du einer, der bleibt?

Er löst den Schal von ihren Beinen. Kim bleibt sitzen.

Als sich Samuel beim Thai nach meinem Schreibstil erkundigt hat, habe ich geantwortet, ich sei spezialisiert aufs Neuerzählen von alten Stoffen. «Ich fülle sie mit heutigem Leben.» Keine Ahnung, ob er damit etwas anfangen kann. Aber er hat gefragt und mir zugehört. Ein guter Anfang.

7

Da waren so viele Leute. Die einen sassen auf einer Gartenbank, andere begutachteten eine Stehleuchte, bei den Sofas standen Paare. Wie schafft Samuel das bloss allein? Noch bevor ich aus den Schuhen schlüpfe, tippe ich ins Telefon: *Ich wollte kurz einen Kuss vorbeibringen, aber als ich in deinen Laden äugte, warst du im Gespräch mit einer älteren Dame. Ich bin dann weitergeradelt. Ich kann es kaum erwarten, dich zu sehen!*

Ab ins Bad, um das Wichtigste einzupacken. Zahnbürste, Abschminke und eine Probepackung Hautcrème. Dazu das Brillenetui, eine Unterhose. Für Schminke ist nicht auch noch Platz. Soll ich neben der Handtasche eine Stofftüte mitnehmen? Mir ist in den Ohren, was ein Freund vor Jahren entrüstet über eine seiner Liebschaften gesagt hatte: «Die hatte die Zahnbürste dabei! Die wollte gleich einziehen bei mir!»

Machte es Samuel auch Angst, wenn ich bleiben würde?

Ein Nachrichtenruf lässt mich nach dem Telefon greifen. «Hättest du den Kuss doch an ihr vorbeigeschmuggelt! Meine Gedanken kreisen alle um dich, Carla.»

Meine Vulva wird weich. Jeder mit feiner Nase kann riechen, was bei mir los ist. Und dies wegen einer Nachricht, wegen eines Gedankens an einen Mann. Irre. Ich will mich jemandem hingeben, jemandem vertrauen, den ich kaum kenne.

Was heisst schon kennen. Ich spüre, dass Samuel warmherzig ist. Er hat Stil und Humor. An seine Ausdrucksweise werde ich mich gewöhnen.

Im Arbeitszimmer ist der Computer noch an und Bücher liegen herum. Ein Tastendruck, ein leiser Hall, schon ist das Virtuelle weg. Beim Einräumen der Bücher ins Büchergestell sticht mir der ausgebleichte Buchrücken von *Vom Winde verweht* ins Auge. Wie ich als Teenagerin in Rhett Butler aus dem Roman verknallt war. Er erotisierte mich, obwohl er sich nicht so benahm, wie ich es mir von einem Geliebten gewünscht hätte: rau, direkt, unberechenbar. Und doch stellte ich mir in den Ferien am Strand vor, dass Rhett mich küsste und streichelte. Die Romanfigur strich mit ihren Fingern über meine Brüste und über die Klitoris, erst zart, dann rubbelte Rhett, bis mein Körper zuckte und ich keine weitere Berührung ertrug.

Hat Lust mehr mit Fantasie als mit einem realen Menschen zu tun?

Im Wald bellt es freudig. Ein Hund rennt einer Frau voraus, die tut, als würde sie etwas werfen. Als er keinen Stecken findet, wedelt er mit dem Schwanz, und sie macht ihm erneut etwas vor.

Eine gespenstische Idee, dass Liebe den Gedanken entspringt. Mein Denken denkt, dass mit Samuel Nähe und Hingabe möglich sind, und sie werden möglich, weil ich es denke. Oder weil ich Lust auf Sex habe, aber meine, verliebt zu sein. Wie auch immer. Wenn etwas Schönes geschieht, ist es egal, warum es geschieht. Samuel begehrt mich, und ich begehre ihn.

Beim Thai sagte er, Sex sei ihm wichtig. «Sex mit Spielzeug, Sex in erotischer Wäsche, Rollenspiele», und ich fragte mich, ob unsere Körper sich mochten.

Damals versuchte Samuel nicht, mich zu berühren oder zu küssen. Er redete, hörte zu, dachte nach. Er schien wie ich zu überlegen, ob wir zueinander passen würden. Als er erzählte, er sei als junger Mann vier Jahre mit einer Thailänderin verheiratet gewesen, beschlichen mich Bedenken.

Doch dann sagte er: «Ich wünsche mir einen lieben Menschen an meiner Seite», und ich schob das Denken weg. Vielleicht sprach die Thailänderin sehr gut Deutsch. Vielleicht stand sie finanziell auf eigenen Füssen. Sicher ist, dass Samuel voller Respekt über sie redet. Darauf kommt es an.

8

Mit Tasche und Unruhe im Bauch schwinge ich mich aufs Fahrrad und lasse mich den Hügel hinunterrollen. In den Augen Sonne, in der Nase den Duft von Seidelbast. So leicht kann Leben sein.

Samuels Adresse ist ein renovierter Altbau hinter einer Allee, um die Ecke gibt's Restaurants. Ich stelle das Fahrrad zwischen zwei Bäumen ab, schaue auf die Uhr. Fünf Minuten habe ich von zu Hause gebraucht. Fünf Minuten von eingefleischten Handgriffen zu Nichts-Kennen. Ich nehme den Fahrradhelm vom Kopf, zerzause die Haare und klaube ein Spiegelchen aus der Tasche. Eine Mücke hat sich in den Unterlidwimpern verfangen. Da will jemand mit mir sein.

Auf dem Schild neben Samuels Klingel stehen zwei Namen: S. Feldman/A. Bovard. Während ich klingle, fällt mir ein, dass er eine Weile seine Mutter bei sich gehabt hat, um sie zu pflegen. Nun lebe sie mit einem Arzt zusammen, der sie behandelt hat. «Wie im Arztroman», sagte ich, und er meinte: «Die Liebe kann in jedem Alter zuschlagen.»

Ich merke, dass ich die Klingel anlächle, weil ich mir eine boxende Liebe vorstelle.

Hat Samuel das Klingeln nicht gehört?

Ein Mann, der seine Mutter pflegt, kann kein schlechter Mann sein. Ein biederer Mann vielleicht. Aber dafür ist Samuels Grinsen zu frech, sein Sex-Appeal zu ausgeprägt.

«Wo wohnen deine Eltern?», fragte er im Restaurant. Die Frage überraschte mich, wie wenn ich auf einem Amt die Personalien meiner Eltern angeben muss. Warum sollen deren Adressen heute noch etwas mit mir zu tun haben? Sophie und meine Arbeit beeinflussen mich mehr als zwei zerstrittene Menschen, die vor einer Ewigkeit Verantwortung hatten für mich und heute weit entfernt leben.

Samuel sah mich aufmerksam an, als ich von meinen Eltern erzählte. Ich tat es kurz und nüchtern. Der Vater tablettensüchtig, die Mutter –. Verlangte von ihren Kindern die Aufmerksamkeit und Liebe, die sie von ihrem Mann nicht bekam, und wohnt seit Jahrzehnten in einem Land, wo sie im Vergleich zur Durchschnittsbevölkerung reich ist.

Samuel schwieg eine Weile, bis er sagte: «Meine Mama war 18 Jahre, als sie mich bekam. Sie tut alles für mich, und ich tue alles für sie.» Ein neuer Satz für meine Sohnsatzsammlung. Ich werde ihn zwischen *Meine Mutter und ich teilten geheime Wünsche* eines deutschen Modedesigners in dessen Achtzigern und *Eine Mutter will immer mehr, als man als Sohn geben kann* von Sophies Mann setzen.

Endlich klickt der Türöffner, und aus dem Gegensprecher sagt jemand: «Ich bin im fünften Stock.»

Beim Erklimmen der Treppen befürchte ich, dass mich Samuel wegen meiner Familie seltsam finden könnte. Doch oben ist diese Furcht weg. Samuel steht in der Türe, sieht mich umarmend an. «Wie habe ich auf diesen Moment gewartet. Komm rein.»

Im Flur lege ich Tasche und Fahrradhelm ab und umarme Samuel. Ein weicher Kuss. Wir haben Zeit, sagt der Kuss. Ich fahre mit beiden Händen an seinem Rücken entlang, will seinen Po kneten. Da ist sperriger Jeansstoff, kein Fleisch. Samuel löst sich etwas von mir und streichelt mit einer Hand meine Brüste. Mein Slip wird nass. Ich greife ihm zwischen die Beine. Der Stoff ist so steif, dass ich nicht spüre, ob er erregt ist.

Als wir uns etwas Luft zum Atmen geben, entfährt mir ein «Puh!,» und Samuel fragt: «Darf ich dir ein Glas Champagner anbieten?»

Ich nicke und sehe mich um. Weisse Hussen über den Stühlen, weisse Tischdecke, Zinnuntersätze, altmodische Kristallgläser und vor der Küchenzeile ein Perserteppich.

Ich drehe mich um. Von der Küche führt eine Treppe ins obere Stockwerk. Darunter erstreckt sich eine Vitrine, in der geblümte Porzellantassen aufbewahrt werden. Auf der Vitrine steht in silbernem Rahmen ein verblichenes Foto, auf dem fünf Frauen mit toupierten Haaren an einem Tisch sitzen. «Wer sind die?»

«Meine Tanten.»

«Hast du ein enges Verhältnis zu ihnen?»

«Nein. Ich habe sie Jahre nicht mehr gesehen. Die Frau in der Mitte ist Mama.»

Samuels Mutter sieht aus wie meine Mutter in den Sechzigerjahren. Aus der toupierten Frisur büxt kein Haar aus, das gelbe Etuikleid glänzt kunstfaserig.

«Du darfst dich auch gerne im Wohnzimmer umschauen», sagt Samuel, während er einen Küchenschrank öffnet.

Der Wohnzimmerboden ist ebenfalls mit einem Perserteppich belegt. Auf einem voluminösen eierschalenfarbenen Stoffsofa liegen für meinen Geschmack zu viele Kissen. Darüber hängt ein barocker Spiegel. Auch der dunkle Bauernschrank und die Frauenzeitschrift im Zeitungsständer daneben wirken wie Kulissen eines vergangenen Lebens. Nie wäre ich auf die Idee gekommen, dass ein Mann, der Klassiker der Moderne und frivole Fotos verkauft, seine Wohnung so einrichtet.

Samuel tritt mit zwei Gläsern Champagner, in denen je eine dünne Erdbeerscheibe schwimmt, zu mir und deutet auf das weisshaarige Fotomodell auf dem Titel der Frauenzeitschrift. «Mama wurde vor zwei Jahren als Model entdeckt.»

Bevor ich mich bücken und das Titelbild aus der Nähe betrachten kann, streckt er mir ein Glas entgegen.

In einer Kusspause fragt er: «Willst du jetzt etwas essen oder lieber später?»

«Später. Ich bringe keinen Bissen hinunter.»

Samuel führt mich an der Hand die Treppe hinauf. Der Raum oben riecht nach Baumluft, die zusammen mit Klavierklängen durchs Fenster hineinströmt. Hier könnte die

Einrichtung aus Samuels Laden stammen. Der Sessel eignet sich gut für Sex, denke ich.

Die Breitseite des Raumes füllt die Reproduktion eines Gemäldes, das mir vor Jahren im Louvre auffiel. Auf rotem Grund sitzen zwei sehr hellhäutige nackte Frauen mit kurzem Kraushaar nebeneinander. Sie sehen fast gleich aus. Worauf sie sitzen, ist nicht erkennbar, doch ihre Hände formen auffällige Gesten. Steckt die eine der anderen einen Ring an den Finger? Oder ist eine der Frauen kurz davor, nach der Brustwarze der anderen zu greifen?

Samuel schaltet Musik ein. Eine geerdete Stimme mit rauem Timbre schwingt sich auf, singt von einem neuen Morgen, einem neuen Tag, einem neuen Leben *And I'm feeling good.* Samuel nimmt mir das Glas ab. Ich stelle mich auf die Zehenspitzen und drücke mich an ihn. Endlich kann sich mein Körper ausleben. Samuel fährt im Takt der Bläser mit den Händen über meine Brüste. Ich greife ihm an den Po und dann in den Schritt. Sein Atem klingt erregt. Samuel schiebt meinen Jupe hoch und sucht mit den Fingern nach meiner Vulva. Ich versuche, seinen Gürtel zu öffnen.

«Warte, das schaffst du nicht.»

Samuel öffnet Gurt und Knöpfe seiner Hose und streift sie ab. Ich greife über dem Stoff der Boxershorts nach seinem Penis. Er zuckt. Ich schiebe sie etwas hinunter, um die Penisspitze zwischen Daumen und Zeigefinger zu nehmen. Er stöhnt. Ich knie mich hin, ziehe sie ganz hinunter. Seine Schamhaare sind millimeterkurz gestutzt. Er riecht und schmeckt nach nichts als nach Haut.

Er wuschelt mit seinen Händen durch mein Haar und zieht mich an den Achseln zu sich hinauf. Samuel küsst mich, sucht meine Klitoris. Mir entfährt ein Stöhnen. Er zieht mich zum dunkelgrau bezogenen Bett. «Lass mich deinen Po bewundern», sagt er.

Ich knie mich hin.

«Wie schön du bist», sagt Samuel. Er kostet meine Vulva mit der Penisspitze. Plötzlich dringt er ein. Mir entfährt ein Seufzer.

«Alles gut?» Er stösst erst langsam, dann heftig. Ich stütze mich mit den Armen auf der Matratze ab. Bevor er kommt, hält er inne und dreht mich auf den Rücken, streichelt mich. Denkt er, dass ich nur so kommen kann? Dann denke ich nichts mehr.

Als ich schreie, zieht er seine Hand nicht gleich zurück, sondern macht weiter. Ich komme noch einmal. Schliesslich sauge ich an seinem Schwanz, bis Samuel röhrt.

Ausser Atem setzen wir uns auf. Samuel drapiert Kissen zwischen Rücken und Wand, ich greife nach meinem Glas auf dem Beistelltisch. Die Erdbeere hat ihren Geschmack an den Alkohol abgegeben.

«Lass uns etwas essen. Du magst Lachs, oder?»

«Du hast es dir gemerkt.»

Samuel schlüpft in Hemd und Boxershorts, ich verziehe mich ins angrenzende Bad. Der Spiegel zeigt schwarze Halbmonde unter meinen Augen, ein gerötetes Kinn, zerzaustes Haar. Sieht so Glück aus?

In der Küche legt Samuel Lachsstreifen auf einen Teller mit Rankenmuster.

«Kann ich dir helfen?»

«Mach's dir bequem, meine Schöne.»

Ich stelle mich an die Balkontüre, lausche den Klavierklängen aus dem Nachbarhaus. Eine Blaumeise pickt ausser Takt in die Erde einer Blumenkiste, als wäre der Abend wie jeder Abend. Die Meise kennt die Situation, durchfährt es mich. Eine Frau sieht ihr zu, während Samuel den Kühlschrank öffnet, Sachen herausnimmt, einschenkt, den Kühlschrank schliesst. Trotzdem, Meise, ich werde den Abend ins Gedächtnis aufnehmen.

Samuel holt mich mit einem Kuss auf den Hals zu Tisch. Wir setzen uns, greifen nach Brot und Lachs, schöpfen Salat. Unsere Gesten sind alltäglich, aber nicht unbedacht. Wie Schauspieler, die Normalität spielen.

«Erzähl von dir», sagt Samuel, und ich frage mich, ob er das immer sagt.

«Frag mich, was du wissen möchtest.»

«Warte», sagt er und öffnet eine Schublade in seinem Rücken. Er entnimmt ihr einen Papierblock und zwei Kugelschreiber. «Du schreibst fünf Fragen an mich auf und ich fünf Fragen an dich.»

«Du denkst wie ein Theatermensch.» Ich schreibe, *Was bin ich für dich?*, und streiche den Satz sofort.

Willst du in der gleichen Geschichte sein wie ich?

Samuel beugt sich über sein Blatt, der Ellbogen des Schreibarms berührt fast den Tisch.

Kann ich ihn fragen, weshalb er sich für den güldenen Einrichtungsstil entschieden hat?

Kann ich fragen, warum einer wie er Single ist?

Was sage ich, wenn er mich das Gleiche fragt?

Weil ich lieber allein bin als ungeachtet.

Weil Singlemänner über vierzig vor Verbindlichkeit zurückschrecken.

Klänge von Mundharmonika und Geige unterbrechen das Spiel. Eilig schaltet Samuel den Ton seines Mobiltelefons aus. «Meine Schwester. Halbschwester. Vermutlich hat sie Krach mit ihrem Mann oder mit Mama, sonst meldet sie sich nicht.» Er tippt mit dem Finger aufs Telefon, streckt mir ein Foto entgegen. «Vor zwei Monaten hat sie zum dritten Mal geheiratet.»

Am Bildrand sehe ich eine grossäugige, zierliche Frau mit der gleichen markanten Nase wie Samuel.

«Ihr gleicht euch.»

«Vom Charakter her nicht. Sie ist Daddy's Girl.»

9

Sein Arm liegt noch immer auf mir, und sein schlummerndes Gesicht ist meinem so nah, dass ich es verschwommen sehe. Langsam atmend drückt es aus, was Samuel spätnachts gesagt hat: «Bleib bei mir.»

Wie lange ich nicht mehr gewollt war.

Acht Jahre lang führten Michael und ich eine harmonische Beziehung – und auf einmal. Auf einmal was? Wenn ich das wüsste. Er durfte für drei Monate an die Mailänder Oper und wollte nicht, dass ich ihn besuche. «Das sind meine heiligen Monate», sagte er, und ich verstand nicht, warum er für Heiliges allein sein wollte.

Die Distanz zwischen uns wuchs. Doch auf Mailand folgte eine unbeschwerte Zeit, und ich glaubte, der Abstand habe sich verkleinert. Dann ignorierte Michael meinen Geburtstag. Den ganzen Tag meldete er sich nicht. Um den Abend nicht allein zu verbringen, nahm ich eine Einladung von Freunden an. Tags darauf fragte ich Michael, was los war. «Nichts. Ich wollte dich nicht stören.» «Nicht stören? Ich hätte meinen Geburtstag gerne mit dir gefeiert.»

Samuels Arm verschiebt sich Richtung meiner Taille, sein Knie berührt meines. So möchte ich jede Nacht schlafen. Zuerst die Lust zelebrieren, dann gemeinsam schlummern.

Michael lag es nicht, mit der Lust zu spielen. Bei ihm hatte Sex seinen Platz vor dem Einschlafen unter der Bettdecke und verlief immer gleich. Meine Verführungsversuche tagsüber änderten daran ebenso wenig wie meine Bemerkung, wenn ich zu Bett ginge, wolle ich schlafen.

Hatte er Hemmungen, anderes auszuprobieren? Dachte er, Sex zu einer Tageszeit oder ausserhalb des Schlafzimmers sei nichts für mich?

Ich fragte ihn nie. Ich zog Kleider an. Zu einer schwarzen Hose mit auffälligem Reissverschluss am Po sagte er: «Etwas zu gewagt, finde ich.» Kündigt sich so ein Ende an? Auf dieses Ende folgte ein anderes: Der Verleugner pflanzte mir Misstrauen und Angst ein.

Meine Pobacken schmiegen sich an Samuels angewinkelten Körper. Er drückt mich an sich.

Unsere Häute werden zu einer Naht verschweisster Zweiheit.

10

Das Wasser fällt warm auf meinen Körper, Samuels Seife hüllt mich in seinen Duft. Wird das Frühstücken einlösen, was die Nacht versprochen hat?

Dieser Abgleich jedes Mal. Die Glieder sind entspannt, der Hunger ist gross und das Benehmen des Geliebten unverstellt. Warte ich darauf, dass er seinen Kaffee ausgetrunken hat, steht ein höflicher Abschied bevor. Warte ich darauf, dass er mich wiedersehen will, muss ich auf mich aufpassen.

Mir fällt der frisch getrennte Architekt ein, der mich unbedingt kennenlernen wollte, obwohl ich fand, eine über zwanzigjährige Ehe brauche mehr Abstand als vier Wochen. Seine Hartnäckigkeit machte mich glauben, es sei anders. Doch dann entschuldigte er seine absterbende Erektion mit dem Hinweis, er habe eine grossartige Frau gehabt, und am Frühstückstisch meinte er: «Meine Ex-Frau macht die beste Marmelade.»

«Kaffee oder Tee?» Samuel streckt den Kopf ins Bad.

«Kaffee.»

In der Küche umschmeichelt mich *Ain't No Mountain High Enough* von Diana Ross. Der Glittervorhang am Anfang des Stücks passt perfekt zu meinem Zustand. «Gut ausgewählt, der Sound.»

«Zum Glück stehst du nicht auf volkstümliche Schlager.» Er grinst und umarmt mich.

«Gut geschlafen?»

Er schüttelt den Kopf. «Ich habe geträumt, dass wir uns in einem festlichen Salon befinden, wo wir uns mit Champagnergläsern zuprosten. Wir sagen ‹Auf uns›, als eine unbekannte Frau in Abendkleid laut schwatzend zu uns stösst. Ich wittere Ungutes, ziehe dich von der Frau weg, doch diese greift nach der Champagnerflasche, schenkt sich ein und schwatzt weiter. Wir wollen weg, die Frau folgt uns. Ich fliehe zur Türe, sie kommt nach, dann schaffte ich es, aufzuwachen.»

Samuel drückt zwei Brotscheiben in den Toaster und dreht bei *If You Need Me, Call Me* die Lautstärke auf. Metallisches Scheppern mischt sich unter die Musik, das geröstete Brot springt aus dem Toaster. «Magst du Orangenmarmelade?», fragt Samuel.

«Noch eine Gemeinsamkeit.»

Er stellt Butter auf den Tisch, Brie. Auf meine Frage, wo er die Servietten aufbewahrt, schickt er mich zum Bauernschrank im Wohnzimmer. Dieser ächzt und riecht nach alter Zeit. Neben zwei Messingserviettenringen, in denen gebrauchte Stoffservietten stecken, einem einzelnen Ohrring, Modemagazinen und Porzellanfigürchen liegen weisse Papierservietten. Ich nehme zwei von der Beige.

In der Küche ist Samuel dabei, Milch zu schäumen. «Cappuccino?»

«Gerne.»

Ich zuckere den Schaum, löffle ihn unter Samuels Augen, die aussehen, als wären sie neugierig auf alles, was ich tue. Sie machen mich verlegen.

Ich bleibe in seinen Augen, er beisst in das von Butter und Marmelade glänzende heisse Brot. Kann ich ihn fragen, wann er zuletzt mit einer Frau gefrühstückt hat?

Lass das, Carla. Damals habt ihr beide füreinander geübt.

«Ich habe schon lange nicht mehr mit einer Frau gefrühstückt», sagt Samuel, ohne dass ich meine Frage ausgesprochen habe. «Meine Ex musste immer gleich los, zur Arbeit. Sagte sie jedenfalls.»

«Sie log?»

«Ich erwischte sie mit einem Schlipsträger.» Er beisst ins Brot, lässt sich Zeit. «Ich hätte es ahnen können. Als wir zusammenkamen, war sie mit so einem zusammen, erzählte es mir aber nicht.» Er schnauzt: «Weiber!»

Mit «Ich bin auch eine Frau» scheuche ich das hässliche Wort fort.

«Aber nicht so eine. Das spüre ich.»

Ich nicke und denke, dass er das nicht wissen kann. Zum Ende mit Michael hoffte ich auch auf einen Übergang. Aber ich log nicht.

Ich frage nach Samuels Kindheit im Villenviertel.

Von der Mutter bekam er die weiss-blauen Adidas-Turnschuhe, die alle wollten, auch ein Skateboard und ein Moped schenkte sie ihm. «Mein Stiefvater nannte mich Weichling, weil ich oft krank war.» Samuel schnaubt.

«Aber der Arsch hat es im Gegensatz zu mir nicht geschafft, Mama glücklich zu machen.»

Als Junge streifte Samuel mit seinem Freund Miles durch den Wald, später probierten sie gemeinsam das Mannsein aus. Eines Tages schnappten sie sich das Gewehr von Miles' Vater und hantierten im Kinderzimmer damit herum, bis ein Schuss sich löste und die Wand traf. Miles' Vater fluchte und tadelte und zeigte ihnen danach im Wald, wie man entsicherte, zielte, schoss, sicherte. «Den hätte ich gerne zum Vater gehabt.»

«Mein Wunschvater hätte nicht geschossen. Er hätte mit mir gespielt.»

Samuel greift nach meiner Hand, da klingelt sein Telefon. Auf dem Display leuchtet das Foto jener Frau auf, derentwegen ich vorgestern keinen Kuss in Samuels Laden brachte.

Er sagt: «Entschuldige, nur schnell», und hebt ab. Ins Telefon: «Ich habe Besuch.» Dann hört er zu. Nach einer Weile sagt er unvermittelt. «Carla. Ich habe dir von ihr erzählt.»

Er verschweigt mich nicht. Er sagt sogar meinen Namen.

«Nein, Mama, du musst morgen allein in die Agentur. Ich habe keine Zeit, dich zu begleiten. Wirklich nicht. Ich muss mir einen Nachlass ansehen. Könnte was sein, die Möbel gehörten einem Architekten. Wir hören uns später. Tschüss.»

Samuel lächelt mich entschuldigend an und dreht das Telefon um. «Soll doch der Herr Doktor mit ihr in die Agentur.»

«Auf dem Telefonbild sieht deine Mutter ganz anders aus als auf dem Foto mit deinen Tanten.»

Samuel scheint zu ahnen, was ich denke. Wie aus der Pistole geschossen sagt er: «Sie hatte in jungen Jahren einen Autounfall und musste die Nase operieren lassen.»

Ich tue, als glaubte ich ihm, und schlage vor, am Nachmittag gemeinsam ins Kino zu gehen. «Christian Petzold hat einen neuen Film gedreht. Den möchte ich nicht verpassen.»

«Hauptsache, wir sind den ganzen Sonntag zusammen», sagt er. «Petzold darf gerne dabei sein.»

II

Der Schulhausgong beschleunigt meine Schritte durch die frisch gewischten Flure. Obwohl sie wie jeden Morgen riechen, kommen sie mir nach einem Wochenende sexgetränkter Verliebtheit aussergewöhnlich vor.

Meter für Meter verschwinden die Schüler in den Klassenräumen, der Widerhall meiner Absätze wird lauter. Vor meiner Türe halte ich inne. Auftritt Lehrerin, würde ein Inspizient durchgeben. Ich mache mir Mut.

Kaum drücke ich die Klinke, stieben die Jugendlichen Worte werfend zu ihren Plätzen.

Du mit deinem dicken Arsch.

Fotze.

Geht's noch, rufe ich noch vor der Möglichkeit einer Begrüssung.

Sie hat mir Sharif ausgespannt.

Sie hat mich gestossen.

Mit Gewalt löst man keine Konflikte, sage ich.

Sie! Es ist ein Spiel.

Warum bist du denn aufgebracht?, frage ich.

Sie ist eine Schlampe.

Warum ist Jasna eine Schlampe, wenn sich Sharif entschieden hat, mit ihr zusammen zu sein?, höre ich mich und frage mich, ob das sinnvoll war.

Sharif war nicht glücklich mit dir, schmeisst Jasna Alexa an den Kopf, und ich ärgere mich über mein Einmischen.

Alexa haut Jasna mit einem Schreibblock auf den Kopf, auch andere Schüler verkeilen sich mit Armen und Worten ineinander.

Ich platziere die Aggressivsten voneinander weg, verlange Ruhe.

Protest, Schnuten.

Endlich kann ich anfangen und sie an einer Liste mit Tätigkeiten arbeiten lassen, die sie gut können.

Die Schülerinnen und Schüler beugen sich über ihre Hefte, ich setze mich ans Lehrerpult, auf dem Kreidestücke farbige Punkte hinterlassen haben. Während der Computer dunkel etwas tut, wandert mein Blick zu den Gleisen, meinem Fluchtpunkt in dieser Klasse. Ich hasse es, mich ohnmächtig zu fühlen.

Jene Aggressionen, die mir vertraut sind, werden lächelnd geäussert oder passiv ausgelebt. Regisseure loben überschwänglich und wollen dann doch alles anders haben. Schauspieler sagen, das passt nicht in meinen Mund, wenn sie nicht spielen wollen, was ich geschrieben habe.

Was erhoffen sich die Schülerinnen und Schüler hier von ihrem Getue?

In meiner Jugend waren die Gewitzten beliebt, nicht die Groben. Sophie und ich spielten im Schultheater, sangen im Chor, lasen in der Freizeit *Krieg und Frieden, La Condition Humaine*. Wir waren uns sicher, dass Menschen mit Liebe für die Künste nicht fies sind. Als könnte das Geistige vor Gemeinheit schützen.

Auf den Gleisen hebt ein Mann in leuchtender Schutzkleidung mit einer langstieligen Klemme Fetzen um Fetzen auf. Einzelteile einsammeln, das ist es. Ich muss mich den Schülerinnen und Schülern einzeln zuwenden. Ohne Kollektiv kein Applausheischen.

Ich gehe durch die Reihen, frage, was sie aufgeschrieben haben, und stupse die, denen nichts einfällt, mit Fragen an. Die meisten lassen sich darauf ein, arbeiten bis auf ein paar Muckser konzentriert und still. Geht doch.

Als Signal für einen Wechsel räuspere ich mich. «Schliesst langsam ab.» Sofort ist wieder Bewegung im Raum, es wird geflucht und gepufft. Dann erlöst mich der Gong.

Als ich beim Fahrrad auf mein Mobiltelefon schaue, lese ich, *Wie läuft's?,* und ich freue mich, dass da jemand ist, der das wissen will. *Erzähle ich dir später, Lieber, war turbulent. Und bei dir?*

Viel los. War mit Mama in der Agentur. Jetzt Zahlungen erledigen, Mails abarbeiten. Ausserdem darf ich eine Sammlung begutachten.

Was man als Erwachsener alles tut. Jugendliche meinen, Erwachsensein bedeute, zu essen, was man will, Zutritt in Clubs und Auto zu fahren. An Rechnungen und andere Verpflichtungen denken sie nicht.

12

Auberginen, Okra, Pilze und Tofu ins kochende Curry, Deckel drauf. Die Sprossen kommen auf einen Teller. Fenster auf und Gerüche raus.

Im Schlafzimmer schlüpfe ich aus Alltagsslip und -BH und nehme Spitzenwäsche aus dem Schrank. Bedacht darauf, keine Nackenhaare einzuklemmen, binde ich mir die Perlenbänder des BHs um den Hals. Seine schwarzen Spitzen bedecken meine Brüste wie ein Schleier. Den Slip, der keiner ist, muss ich ein paar Mal drehen, um herauszufinden, was vorn und was hinten ist. Der obere Teil des Pos und des Venushügels ist mit schwarzer Spitze bedeckt, der untere Teil ist bis auf die Perlenkette zwischen Pobacken und Schamlippen frei.

Eine Perlenkette zwischen den Beinen – vor ein paar Jahren hätte ich mir so etwas nicht vorstellen können. Früher war für mich eine Perlenkette Grossmutters Perlenkette. Lang baumelte sie über deren schwerem Busen. Grossvater wollte ihr zunächst keine schenken. «Unnötig», hatte er gesagt, und «in unserem Alter». Da schaltete sich meine Mutter ein. «Deine Frau hat ihr ganzes Leben ohne Lohn für dich gearbeitet», hörte ich sie Grossvater ins Gewissen reden. «Jetzt, wo du Geld hast, ist es höchste Zeit, sie zu verwöhnen.» Dann war es still, bis meine Mutter zu Grossvater sagte: «Du musst die Perlen nicht mögen.» Vermutlich hätte Grossvater die Art von Perlenkette gemocht, die auf meinen Schamlippen liegt.

Gleich ist Samuel da. Rasch ziehe ich Jupe und Absatzschuhe an und gehe in die Küche, um den Reis von der Herdplatte zu nehmen und die Sprossen ins Curry zu rühren. Der Slip stimuliert mich bei jeder Bewegung, und ich verstehe, warum Reizwäsche diesen Namen trägt.

Meine Mutter hat nie so etwas getragen, als wir noch Familie waren. Sie kaufte ihre Unterwäsche beim Discounter, wo sie sie neben Käse, WC-Papier und Brokkoli aufs Förderband legte. Weiss oder hautfarben bedeckte sie Mutters Fleisch. Ich hatte mir nichts dabei gedacht. Ich hatte keine Vorstellung vom Körperleben einer Frau.

Einmal, wir sassen zu viert im Auto, wollte Mutter wissen, ob sie schön sei. Ich wusste, was sie hören wollte, und sprach es aus, damit sie nicht traurig wurde. Aber schön. Schön war für mich sonnendunkle Haut. Schön waren Augenlider, auf denen Abstufungen von brauner Schminke Platz hatten. Lange dunkle Wimpern und glattes Haar. Das hatten weder Mutter noch ich.

Ganze Körper fand ich als Kind seltsam, doch Körperteile faszinierten mich. In der Garderobe des Schwimmbads zogen mich die knubbeligen, stark abstehenden Brustwarzen einer jungen Frau an. An einer anderen Frau fesselte mich der String zwischen den Pobacken. Eine Unterhose, die den Spalt des Pos nicht bedeckt, hatte ich vorher nie gesehen. Dass das etwas mit Sex zu tun hatte, wusste ich instinktiv.

Die Klingel ruft mich zur Türe. Samuel strahlt mich an, während er die letzten Stufen zu meiner Wohnung unter die Füsse nimmt. «Hi, meine Schöne», sagt er und küsst mich noch vor der Türe. Die Perlenkette reibt an der Klitoris.

Bei der Wohnungsführung nickt Samuel anerkennend. «Schön hier», sagt er, und obwohl ich das auch finde, bin ich erleichtert. Während die Nachbarin auf dem Balkon über uns ausgiebig Staub saugt, stellt mich Samuel ans Geländer und fotografiert mich. «Reizend, dein Gesicht im Abendlicht, Süsse.»

Ich rufe ihm durch den Staubsaugerlärm zu: «Salziger, magst du meinen Namen nicht oder hast du Angst, dass dir der einer Ex rausrutscht?»

«Ich mag Kosenamen», ruft er verstimmt. Dann hält der Staubsauger inne.

«Alles klar, Fröschchen.» Ich lasse ihn stehen, um in der Küche das Essen anzurichten.

Nach den ersten Bissen fragt Samuel: «Wie war dein Tag?»

Ich erzähle ihm von den verkeilten Schülerinnen und dass ich mir Spielsituationen fürs Theaterstück ausdenke. Er hört zu, als wäre er Dramaturg. «Zum Thema Dating kann ich dir eine Menge erzählen.» Eine Frau habe ihm einen falschen Namen und einen falschen Wohnort angegeben und ihm die Lüge erst nach Wochen gestanden. Eine andere wollte von ihm wissen, ob er beim Sex auf ihr herumtrampeln könnte. «Und fast alle haben erwartet, dass der Drink auf mich geht.»

«Der Geiztest. Habe ich auch schon gemacht.»

Samuel hebt die Augenbrauen.

Wir essen, wir trinken, wir reden, ich notiere.

Was beim Daten gewünscht ist

Humor, Sex, Du-weisst-was-du-willst, ein gutes Glas Wein, ein lockeres Bier, schlanke Figur, Wochenendtrips ins Ausland, selbstständige Kinder.

Was nicht gut ankommt

Fahrraddress, Sonnenbrillen und abgeschnittene Ex-Partner auf Fotos, vegane Belehrung, Übergewicht, Knochigkeit, Ansprüche, Stubenhocken, Zigaretten, kleine Kinder.

Samuel liest die Listen theatralisch vor. «Kinder sind Sexkiller. Ich beobachte das bei Miles. Noch immer lässt seine Frau zu, dass die Kinder in ihr Bett schlüpfen.»

Ich sage, ich verstünde nicht, weshalb Eltern geheim halten, dass sie allein sein möchten, um miteinander Sex zu haben. «Wäre ich Mutter, ich würde offen damit umgehen.»

«Kommt nicht gut an», entgegnet Samuel. Sein Stiefvater habe ihm als Kind verbieten wollen, in Mutters Bett zu schlafen. «Aber sie hat sich für mich gewehrt. Vermutlich hat er es nicht gebracht im Bett.» Er lehnt sich über den Tisch. Ein konzentrierter, direkter Blick.

Nach einem langen Kuss tragen wir das Geschirr in die Küche. Um die schmutzigen Teller in den Geschirrspüler zu räumen, bücke ich mich. «Stopp, so stehen bleiben», sagt Samuel hinter mir und hebt meinen Jupe. «Reizend.» Er zieht an der Perlenkette, bis sie sich eingräbt zwischen die Schamlippen. Dann drückt er die Perlen mit den Fingern an die Klitoris. Ich lehne mich an ihn. Er zieht mich zum Küchentisch, legt die darauf liegenden Zeitungen weg und setzt mich darauf. Ich öffne seinen Gürtel. Er knöpft die Jeans auf. Sein Glied ragt senkrecht von ihm weg. Fasziniert von seinem wachsenden Stück greife ich mit beiden Händen danach.

13

Fahre ich jetzt los, kann ich vor der Probe bei Samuel vorbeischauen. Ich schreibe ihm eine Nachricht, schnappe Fahrradhelm und Handtasche und verlasse eilends die Wohnung.

Samuel kommt auf mich zu, als ich durch die Türe seines Ladens trete. Im Chesterfield-Sessel sitzt seine Mutter. Sie ist gross, sehr schlank, trägt eine schwarze Lederhose und eine Bluse, die einen BH aus Spitze durchscheinen lässt. Sie erhebt sich, als ich zu ihr trete. «Carla? Schön, dass du uns besuchst.»

Eine Dame des Hauses, die einmal Dame von Welt gewesen sein muss. «Freut mich, Sie kennenzulernen», sage ich.

«Nenn mich bitte Agnes.» Ihr Kuss auf meine Wange ist graziös wie ihre gealterte Stimme, ihre Hände an meinen Armen betonen das Familiäre.

Sie tritt zur Seite, lässt mich in Samuels Arme. Er küsst mich. Nicht lange, aber auch nicht verschämt, wie es andere im Beisein ihrer Mutter tun würden.

«Ein Lachsbrötchen von *Deli now,* Carla?», fragt Agnes.

«Lieber einen Kaffee», antworte ich und folge Samuel in die Teeküche, wo ich die Stimme dämpfe. «Hätte ich mich zeitiger anmelden sollen?»

«Nein, kein Problem.» Samuel legt seine Hand an meinen Po. «Sie hat mich schon ausgefragt über dich.»

Die Kaffeemaschine heult laut auf. Ich presse mich an ihn. «Ich musste dich einfach kurz sehen.»

Mit je einem Kaffee in der Hand setzen wir uns zu Agnes. Sie fährt sich mit der Hand durchs schulterlange weisse Haar. Die Anhänger ihres silbernen Armbands klimpern. So selbstbewusst möchte ich auch einmal alt sein.

Bevor ich ihr ein Kompliment machen kann, sagt sie: «Schön siehst du aus, Carla. Dein Haar ist wunderschön.»

Ich habe eine Frage erwartet oder eine Bemerkung über das sonnige Wetter, aber ich führe hier nicht Regie. «Danke», entgegne ich, «Samuel hat mir erzählt, dass du als Fotomodell arbeitest. Macht es Spass?»

Samuel sieht mich an, als hätte ich etwas Bedeutendes ausgesprochen. Sie legt ihre Hand auf sein Knie. «Sam ist mein Manager. Wir planen, dass ich aufs Titelblatt der *Vogue* komme.»

Ich sehe Skepsis in seinen Augen, als er das Gespräch unvermittelt auf die bevorstehende Theaterprobe lenkt. Ich setze an, um von meinem Text zu erzählen, doch Agnes kommt mir zuvor. «Ich war früher Schauspielerin.»

Erstaunt darüber, dass mir Samuel davon nichts erzählt hat, frage ich, an welchem Theater sie gewesen sei. Sie wischt mit der Hand durch die Luft. «Ist lange her.»

Samuel übernimmt das Gespräch erneut, erzählt vom Morgen, der ihm einen guten Umsatz beschert hat, dann verabschiede ich mich und fahre zur Probe.

14

«Schön», ich beschleunige, «wunderschön». Ich schalte, bis ich rhythmisch in die Pedale treten kann. Natürlich bin ich nicht wunderschön. Aber darum geht es nicht. Agnes hat ohne offizielle Einladung ausgedrückt, was eine Popband trällerte, als Samuel und ich Kinder waren: «We are family.»

Bisher wurde mir beim Wort Familie nicht warm. Familie klang nach Vereinnahmung und Einsamkeit, nach Bewertung und Befremden. Doch die fröhliche Songzeile «Wir sind Familie» verbinde ich mit dem Ideal von vorbehaltlosem Aufgehobensein.

Agnes' grosszügige Begrüssung lädt mich ein, Teil einer Familie zu werden, von der Samuel sagt, sie habe Scheidungen, berufliche Misserfolge, Krankheiten und Streit gemeinsam durchgestanden. «We are family» scheint der Refrain seines Lebens zu sein.

Bei mir zu Hause schaute jeder für sich. Vater war mit seinem Job und den Tabletten beschäftigt, der Bruder mit Wald und Band. Mutter liebte ihre Arbeit und tat viel für mich – solange sie mit meinen Leistungen angeben konnte. Denn mich gab es nur im Zusammenhang mit ihr. Einmal nannte mich ein ferner Bekannter meiner Eltern wegen eines Kleides «die Schönste». Meine Mutter korrigierte sofort: «Die Zweitschönste, die Schönste bin ich. Ihr Kleid habe ich genäht.» Natürlich lachten sie.

Erst mit über zwanzig gab es eine Carla ohne mütterliches Mitwissen. Eine Carla, die nicht der Stolz von jemandem ist, sondern ihren Geschichten folgt.

Ich halte vor dem Fussgängerstreifen für einen alten Mann an, der am Stock geht. Sehr langsam. Er wirkt, wie ich mir Agnes vorgestellt habe. Mit einer Dame, die sich im Styling an einer Dreissigjährigen orientiert, habe ich nicht gerechnet.

Wieder auf dem Sattel, streift mich ein Gedanke. Samuel nennt mich «Schöne», weil Agnes ihm beigebracht hat, dass Frauen fürs Schönsein gerühmt werden wollen.

Der Gedanke nimmt dem Kosenamen das Besondere. Wobei. Auch meine Sätze sind nicht unschuldig. Werde ich von Liebes- und Lustgefühlen überwältigt, sage ich, was ich auch schon sagte.

Liebster.

Ich begehre dich.

Ich liebe dich.

Schal, diese Worte ohne Körper.

15

«Und?» Sophie hält die Zigarette von mir weg, als wir uns umarmen.

«Ich habe Samuels Mutter kennengelernt.»

«Du klingst, als hättest du einen Test bestanden.»

«Habe ich. Samuel ist seine Mutter wichtig.»

«Carla, du übertreibst. Der Mann ist über fünfzig!»

«Trotzdem.»

«Ein Thema fürs Stück?»

«Nein. In einer Liebesgeschichte von zwei Erwachsenen haben Mütter nichts zu suchen.»

Wir gehen in den Theatersaal, wo Kim und Janos in grossen blauen Taschen wühlen, die anderswo zum Einkauf von Praktischem und Unpraktischem dienen. Ich sehe Schiebermützen, Schuhe, ein Jackett, eine Krawatte, ein gelbes Kleid mit Rüschen und Wollpullover durch ihre Hände gleiten. Im Karton mit Requisiten gibt es Gläser, Teller, eine leere Weinflasche, Besteck, eine Zeitung, einen Dildo, Kondome, Hanfseile, eine Computertastatur, Kinderspielsachen.

Müsste ich Gegenstände für eine Liebesszene aussuchen, es wären zwei Zahnbürsten im Bad, ein Haufen entledigter Kleider auf dem Fussboden, seine Boxershorts an meiner Wäscheleine.

Kim setzt sich die blaue Schiebermütze auf und schlüpft in High Heels, Janos schlüpft ins Rüschenkleid. Ich händige ihnen meine Dialoge aus. «Janos, du bist jemand mit Kind, und du, Kim, bist jemand ohne Kind. Ihr kennt euch von einer Dating-Plattform.»

Die Schauspieler lesen meinen Text, schauen auf, murmeln, lesen ihn erneut. Ich beobachte die beiden, erwarte Widerstand, weil die Szenen realistisch sind, doch Kim lacht beim Memorisieren, und Janos sagt: «Ich bin bereit.»

Juliette setzt sich auf einen Stuhl und gibt die Wartende, die immer wieder aufschaut, sich umschaut, aufs Telefon schaut.
Schliesslich tritt Andrea mit dem Skateboard in der Hand an ihren Tisch.
Juliette?

Juliette steckt hastig das Telefon in ihre Handtasche und sieht Andrea an.
Andrea? Du siehst anders aus als auf dem Foto.

Andrea zuckt mit den Schultern.
Meine Ex-Frau hat es vor drei Jahren gemacht.

Juliette winkt der Bedienung.
Eine Limonade, bitte. Und für dich?

Andrea *(begeistert)*

Meine Tochter trinkt auch gerne Limo. Für mich einen Kaffee, bitte.

Andrea streckt Juliette sein Telefon unter die Nase.

Das ist sie. Wir sind ein Superteam.

Juliette lehnt sich über den Tisch.

Und nun möchte sie, dass du dich mit jemandem zusammentust, damit sie kein schlechtes Gewissen haben muss, wenn sie mit ihrer Freundin ausgeht.

Andrea schüttelt heftig den Kopf.

Nein, so ist das nicht. Ich habe gewisse Bedürfnisse. Ab und zu etwas Sinnlichkeit, wenn du verstehst, was ich meine.

Die Barmitarbeiterin bringt die Getränke, Juliette zückt das Portemonnaie.

Die Rechnung, bitte.

Andrea greift hastig in seine Brusttasche.

Ich bin nicht dein Typ?

Juliette lächelt.

Ich mag nicht mit alten Fotos getäuscht werden. Bring doch die Limo deiner Tochter.

Sophie lacht, und ich frage mich, warum auf der Bühne witzig wirkt, was mich im Leben nicht zum Lachen brachte.

16

Wenn ich schon Fenster putzen muss, dann wenigstens mit Musik, die das Fernsehgebrabbel der Nachbarin oben und das Fernsehgebrabbel von der unten übertönt.

Ich bekomm kein
Rhythmische Sprühstösse auf die Scheibe.
Entzücken
weil ich
will, ich will, ich will
sprüh, sprüh, sprüh

Der Hit der Rolling Stones, deren Urheberrechte jedes Theater finanziell ruinieren würden, durfte in der Ausstellung über die Sechziger- und Siebzigerjahre natürlich nicht fehlen. Aber meine Kinderkleider hätte ich dort nicht erwartet. Der blaue Plüschpullover, den Mutter für mich genäht hatte, ist nun Zeugnis einer Modeepoche. «Wie alt wir sind», hat Samuel bemerkt und sich gefreut, die bestickte Lammfelljacke mit den Fellzotteln an Kragen und Ärmeln wiederzusehen, die ihn als Jungen stolz gemacht hatte.

Die Fensterscheibe gibt einen sauberen Laut von sich. Denke ich an meine Kindheit, gehören Stecknadeln in den

Mündern von Müttern ebenso ins Bild wie das Geräusch der schweren Schere beim Zuschneiden von Stoff und Nähmaschinenrattern. Kam ich von der Schule nach Hause, sass Mutter oft inmitten von Fäden und Fusseln am Nähtisch.

Agnes habe nie genäht, sagte Samuel. Sie habe «nichts» gemacht, wenn er von der Schule nach Hause kam. «Nichts?», hakte ich nach. «Sie kümmerte sich ums Interieur, mich und meine Schwester. Und sie ging gerne Kleider kaufen.»

Schmierstreifen über dem Wald. Noch ein Spritzer Fensterreinigungsmittel auf die Scheibe.

Wie ist es, keine Leidenschaft fürs Tun zu haben?

In einer Zeitschrift blättern.

In der Sonne liegen.

Am Zaun mit dem Nachbarn schwatzen.

Worüber schwatzt man, wenn nichts begeistert?

Die Kinder haben …

Der Mann hat …

Die Mitschüler der Kinder haben …

Nun sind die Schlieren weg. Im Wald rennt ein Vater seinem wackligen Kleinkind hinterher und stösst laut «Bu» aus. Das Kind quiekt. Wonach sehnt sich der Mann nach einem Tag «Bu», Windeln wechseln, Essen kochen, Wäsche waschen? Denkt er wie ich nach dem Fensterputzen: Endlich Zeit fürs Eigentliche?

Als ich so klein war wie das Kind, waren Fensterputzen, das Bett frisch beziehen, Gemüse rüsten, eine Glühbirne auswechseln, die Versicherung anrufen oder ein Paket zur Post bringen nicht Tätigkeiten, die man neben der Arbeit machte. Sie waren die Arbeit – sofern sie von einer Hausfrau erledigt wurde. Heute muss Arbeit und Haushalt in die Tage und Nächte jedes Einzelnen gepackt werden, und wir tun, als wüchsen die Wochen. Mit jedem Hilfsmittel nehmen Tempo und Ansprüche zu.

Das Dreckwasser hinterlässt dunkle Ränder in der Toilettenschüssel. Werden wir eines Tages nicht mehr haushalten müssen? Oder bekommen wir künftig mehr Zeit dafür, weil Computerintelligenz die Mehrheit der Menschen arbeitslos macht? Was wird dann im Museum zu sehen sein? Mir fallen Bauteile aus dem 3-D-Drucker ein und die selbstlernenden Programme, welche die Wahrscheinlichkeit von Worten schneller erfassen, als ich einen durchdachten Satz tippen kann. In der Ausstellung bezeichnete Samuel Pornos, die Privatleute ins Netz stellen, und Scheuklappensessel zum Arbeiten in Grossraumbüros als charakteristisch für unser Jahrzehnt. «Aber ans Möbeldesign von Panton kommen die nicht heran.»

Samuel und Panton. Als er in der Ausstellung die Plexiglas-Kugelsitze entdeckte, von wo aus *2001: A Space Odyssey* geguckt werden konnte, rief er «Bubble Chairs!» und setzte sich mit Schwung hinein. Wie Kinder schaukelten wir zu Walzermusik durch All und Erinnerungen.

Wie alt muss man werden, bis man bereit ist für einen bestimmten Menschen?

Mit 25 hätte ich mich nicht auf den 33-jährigen Samuel eingelassen. Einer, der Pornos mag. Einer, der jeden Abend auf Partys rumhängt und beim Küssen nach Rauch stinkt. Nun steckt mir dieser Mann Ideen fürs Theater zu und gibt mir das Gefühl, begehrt zu werden.

17

Auf dem Weg zu Samuels Laden kreuze ich Agnes an der Seepromenade. Ich steige vom Fahrrad und frage, wie es geht, obwohl ich spät dran bin.

«Wir haben gut verkauft», sagt sie und macht mir wieder ein Kompliment fürs Haar. Ich weiss nicht, was ich darauf entgegnen soll, ein Gegenkompliment käme mir unbeholfen vor. Also sage ich, ich müsse mich sputen, Samuel warte auf mich.

Dieser steht schon vor dem Laden. Ich lehne das Rad ans Schaufenster, küsse ihn. «Ich wusste nicht, dass deine Mutter im Laden mitarbeitet.»

Einen kurzen Moment wird sein Gesicht abweisend. «Manchmal hütet sie ihn, wenn ich mir etwas zu essen hole.»

«Schlechte Laune?»

Samuel greift nach dem Fahrrad und schiebt es neben uns her. Er erzählt von hohen Rechnungen und den Belehrungen eines Kollegen, der in Möbelsammlungen investiert und so Samuels Laden mitfinanziert. «Verhandle härter. Kalkuliere besser», Samuel schnaubt. «René kann gut reden. Er hat kein Lager. Er hat keine Kunden, die bei schönem Wetter keine Lust auf Möbel haben, und keine Anbieter, die ihre Sammelstücke genau dann verkaufen, wenn ich nicht flüssig bin.» Samuel bleibt stehen und kickt mit dem Fuss Kies weg. «René kriegt, ohne einen Finger zu rühren, mehr Zins von mir als von der Bank und krittelt an meiner Arbeit herum.»

Ich drücke Samuels Hand. Ich könnte etwas über Geldsorgen sagen, aber ich will nicht von ihm ablenken.

Wieder bleibt Samuel stehen. Er liest etwas auf seinem Telefon, schüttelt den Kopf. «Möbel aus Mailand, die zu mir unterwegs waren, wurden zurück nach Italien verfrachtet.»

«Vielleicht ist dem Kurier eingefallen, dass er etwas auf dem Herd stehen liess, oder er wurde wegen Tempoüberschreitung aus dem Verkehr gezogen, oder ...» Mein Telefon klingelt. Mein Bruder.

Bevor ich ihn begrüsse, mache ich mich darauf gefasst, dass ich ausser «oh», «aha», «mühsam» nichts sagen kann, sagen muss. Er fragt nie, wie es mir geht, und ich habe aufgehört, es ihm aufzudrängen. «Ciao, wie geht's?»

Ich höre zu, bis das Gespräch zu Ende ist.

«Worum ging es?», will Samuel wissen.

«Mutter verlangt ein Geschenk von ihm zurück. In ihrer Vorstellung sind auch Geschenke ihr Besitz.»

«Okeeee.» Samuel dehnt das Wort ins Gegenteil.

«Ich sollte mir eine Familie erfinden. Für etwas bin ich schliesslich Autorin.»

«Süsse, du hast mich und meine Familie. Du brauchst dir keine zu erfinden.»

Dieser Blick. Samuel stösst mein Fahrrad über den von Wurzeln aufgeworfenen Boden.

Im Delikatessenladen lassen wir uns Käsespäne, die die Verkäuferin hauchdünn vom Laib hobelt, zum Kosten reichen. Trockenen Schafkäse aus Spanien für mich, reifen Appenzeller für Samuel. Beim Probieren eines rotschmierigen Époisses entfährt uns gleichzeitig ein «Mmm». Er landet neben schwedischem Knäckebrot, Trockenfleisch und frischem Salat in unserem Einkaufskorb.

Als ich nach einer preiswerten Flasche Wein greife, schiebt mich Samuel beiseite. «Nix da. Für deinen Mund ist heute nur ein Malbec gut genug. Den Billigen nehmen wir ein andermal.»

Auch bezahlen soll ich heute nicht, findet er. Ich stelle mich ans Ende des Förderbands, räume die Leckereien in eine Tüte.

Auf dem Weg zu Samuels Wohnung stosse ich das Rad, er trägt die Einkäufe. Im Gewühl der Menschen beim Bahnhof nähert sich plötzlich ein Typ.

«O nein», sagt Samuel, schon steht der Mann neben mir und brüllt direkt in mein Ohr. Ich ducke mich, halte die Hände über die Ohren. Neben mir schreit Samuel: «Arschloch, lass meine Frau in Ruhe!» Der Typ beschimpft mich, ich schreie ihn an, Samuel schreit ihn an. Die Leute um uns weichen zurück, jemand ruft «Polizei!», drei junge Männer eilen herbei und halten den Mann fest. Kurz darauf stehen eine Polizistin und ein Polizist neben uns. Ich erzähle, was geschehen ist. Samuel sagt, der Angreifer sei ein Dealer, die Polizistin notiert den Namen. Ob ich ihn anzeigen wolle, fragt sie. Ich schüttle den Kopf. «Dafür habe ich keine Nerven.» Dennoch nehmen die Polizisten den Mann mit.

Ich fühle mich wie ein Schwimmring, dem man die Luft rausgelassen hat. Samuel hält mich schützend, Passanten heben mein Fahrrad auf, eine Frau bringt einen Becher Wasser aus der nahen Apotheke. Plötzlich habe ich das Bild, das wir abgegeben haben, vor Augen. Es bringt mich zum Lachen. «Unser Geschrei», sage ich zu Samuel, «wir sind zu einer Horde geworden.» Er stimmt in mein Gelächter ein.

Auf dem Weg zu Samuels Wohnung frage ich, woher er den Drogendealer kennt.

«Ich war einmal Mitbesitzer einer Indoor-Hanfplantage. Er war einer unserer Kunden.»

«Hast du die Plantage verkauft?»

«Wir sind aufgeflogen.»

Nachdem wir gegessen haben, mache ich uns einen Kaffee.

«Süsse, lass uns unsere Fragen vom ersten Abend beantworten», schlägt Samuel vor.

Er beginnt mit Vorlesen seiner Antworten:

1. *Was möchtest du nie mehr erleben?*
   «Dass eine Beziehung kaputtgeht.»
2. *Was kannst du nicht ausstehen?*
   «Hellseher. Schlechte Beleuchtung. Dass meine Augen immer schlechter werden.»

«Hellseher! Wie kommst du denn darauf?»

«Mir hat in Avignon einmal einer ungefragt an den Kopf geworfen, ich sei verflucht. Obwohl ich das für Hokuspokus halte, fällt es mir immer wieder ein.»

3. *Was wirst du nie vergessen?*
   «Meine Hochzeit mit Joy, obwohl wir uns vor sechs Jahren scheiden liessen. Die Ladeneröffnung.» Schnell fügt er hinzu: *«Dich.»*
4. *Was müsste ich entsorgen, wenn wir zusammenzögen?*
   «Nichts. Aber deine Stühle sind unbequem.»
5. *Willst du in der gleichen Geschichte sein wie ich?*
   «Unbedingt.»

«Jetzt bist du dran.»

Ich nehme den Zettel zur Hand, lese Samuels Fragen und meine Antworten vor.

1. *Was hältst du in der Hand, nachdem du nach den Sternen gegriffen hast?*
   «Glitzer in der Lebenslinie.»
2. *Woran wirst du dich ein Leben lang erinnern?*
   «An mein erstes Theaterstück. An jede Trennung. An meine Gefühle für dich.»
3. *Was willst du in unserer Beziehung anders machen als in früheren Verbindungen?*
   «Ich möchte sagen, wenn mich etwas stört. Und wenn ich mir etwas wünsche.»

«Ich bitte dich darum. Lass uns ehrlich sein zueinander», sagt Samuel.

4. *Was ist Liebe?*
   «Motivation, jemanden mit allem in Kauf zu nehmen.»
5. *Wie endet dein Theaterstück?*
   «Weiss nicht. Hilfst du mir, es herauszufinden?»

Samuel lacht mich an. «Ich fühle mich geehrt.»

«Also los. Ein Hellseher und unbequeme Stühle müssen vorkommen.»

«Sobald der Hellseher auf einem bequemen Stuhl sitzt, prophezeit er nur Erfreuliches», sagt Samuel. «Ewige Liebe, zum Beispiel, und dass wir bis ans Lebensende scharf sehen.»

18

Auf meinem Balkon schreibend, höre ich: «Komm zu Mami», dann schrilles Gebell. Ich schaue auf die Uhr. Zehn, der Hund taugte zum Wecker. Es platscht im Wald, die Frau schimpft: «Wir haben doch abgemacht, dass du dich nicht nass machst!»

Szenen einer Liebe mit einem Hund, der sich missverstanden fühlt.

Du nimmst meine Bedürfnisse nicht ernst, würde er sagen.

Immer muss ich nach deiner Pfeife tanzen.

Renn mir doch nach, wenn du etwas willst von mir.

Eine Mail unterbricht meine Hundegedanken. *Liebe Carla, ich möchte dir ein gemeinsames Abenteuer vorschlagen. Lass uns zusammen einen Text über Sex schreiben. Mir würde das wahnsinnig Spass machen. Und dir?*

Die Mail ist von Benno, dem Hauptlehrer von Ava und Jovan.

Hallo, Benno, ein gewagtes Angebot an eine Arbeitskollegin. Meine erotischen Fantasien teile ich ausschliesslich mit meinem Liebesgefährten. Lieben Gruss, Carla

An Bennos Stelle hätte ich es zunächst mit einem Flirt im Lehrerzimmer probiert. Aber Fragen kann Mann ja.

Das Gebell entfernt sich, nun höre ich zwei Amseln konversieren. Was beinhaltet ein Vogelflirt?

Du triffst die obersten Töne wie kein anderer.

Kommst du zum Mückenfest?

Fühle dich frei, auf einem meiner Äste herumzuhüpfen, während ich singe!

Und wenn der Wille zum Flirt einseitig ist? Mir fällt ein Pfau ein, dem ich kürzlich beim Stolzieren zusah. Er schlug in Gegenwart zweier Weibchen rauschend das Rad und liess es erzittern, während er seitwärts tanzte. Grünschillernd prangte die Vorderseite des Rads hinter seinem geschmückten Kopf. Sein Hinterteil plusterte sich derweil in drei verschiedene Federpartien auf. Die Weibchen schien das Gehabe abzustossen. Sie wandten sich ab und verdrückten sich ins Gebüsch.

Die beiden Amseln vor dem Fenster verstummen. Nun sehe ich zwei Krähen einen Bussard jagen. Er steigt auf, die beiden kurven um ihn herum, attackieren ihn.

Das Mailprogramm klingelt wieder. *Liebe Carla, ich klopfe an deine Türe, du öffnest nackt, ich falle über dich her.*

Dieser Vollidiot! Was an meinem Nein war missverständlich?

Hallo, Benno, ich fordere dich auf, sofort aufzuhören. Hältst du dich nicht an mein NEIN, wende ich mich an die Schulleitung. Wütende Grüsse, Carla

Was, wenn Benno aus Rache schlecht über mich spricht im Schulhaus? Es ist zum Schreien. Ich bin nun 45, äussere mich klar und werde dennoch belästigt. Hört das denn nie auf?

19

Unten schlägt die Haustüre zu, doch Agnes' letzte Bemerkung hängt noch immer im Treppenhaus: «Ich habe zu Sam gesagt: Die musst du behalten.» Glaubt sie ernstlich, Einfluss zu haben auf die Beziehungsentscheidungen ihres 53-jährigen Sohnes?

Im fünften Stock steht Samuel schon im Türrahmen, nimmt mir die Tasche von der Schulter. Nach einem langen Kuss sagt er: «Du bist das Beste, was mir je passiert ist.»

«Trifft sich gut. Deine Mutter ist der Meinung, du sollst mich behalten.»

«Das sagt ausgerechnet sie», antwortet er gereizt. «Glaub bitte nicht, dass ich reihenweise Frauen vor die Türe gestellt habe.»

Zu meiner Beruhigung sage ich: «Wir haben beide Erfahrungen gemacht.»

«… und daraus gelernt.» Samuel zieht mich an der Hand ins Schlafzimmer hinauf, wo es intensiv nach Frühling riecht. Neben dem Bett steht ein Blumenstrauss aus Tulpen, Flieder und Rosen. Bevor ich «Ich liebe Fliederduft» sagen kann, streckt mir Samuel eine Rose entgegen, an deren oberstem Blätterast ein schmaler Solitär hängt.

Ein Ring. Samuel ist der erste Mann, der mir einen Ring schenkt. Vermutlich fanden das alle vor ihm kitschig und konnten sich nicht vorstellen, dass dieses Mädchenritual etwas mit mir zu tun haben könnte. Ich stecke den Ring auf meinen rechten Ringfinger. Passt.

Mit zwölf ersehnte ich mir einen Ring mit Sissi-Hochzeit, Diadem, Schleppe und ewiger Liebe. Das war vor der Scheidung meiner Eltern. Danach fand ich das unreif und schwor mir: Ich gerate nie in ein Gestrüpp aus Abhängigkeit und Ablehnung. Ich wollte für mich sorgen und mich ohne unwürdiges Benehmen trennen können.

Mit vierzig wusste ich, dass ich auch im Trennungsschmerz respektvoll handeln kann, und die Idee des lebenslangen Zugehörigseins begann mir zu gefallen. Gerne hätte ich Michael geheiratet. Eines Abends sprach ich das aus. Vorsichtig, als Gedanken und nicht als Antrag. Michael reagierte überrascht. Tags darauf zeigte er auf eine Büchse, in der die Münzen aus seinen Hosentaschen landeten, bevor er diese wusch, und sagte: «Wenn die voll ist, kaufen wir uns Ringe.» Ich gestand mir die Enttäuschung nicht ein. Ich rechtfertigte seine Reaktion damit, dass wir beide wenig Geld hatten und keine Spiesser sein wollten. Erst als ich mitbekam, dass Michael nicht nur Münzen in die Büchse hineinwarf, sondern auch welche herausnahm, traute ich mich zu sagen, so werde es natürlich nie etwas mit den Ringen. Er schien nicht zu verstehen, was ich eigentlich sagen wollte.

Ich schaue auf meine beringte Hand, dann in Samuels Gesicht. Wir verharren Auge in Auge, Regung in Regung. Hätte dieser Moment ein Wort, es hiesse «wir».

Nach einer Weile sagt er dann: «Wir müssen los.»

20

«Hallo», ruft Samuel laut, als wir Miles' Garten betreten.

«Sam, Sam!» Zwei blonde Kinder stürmen auf ihn zu.

«Das ist Mirko und das Raphaela», stellt er mir die beiden vor. Die Kinder strecken mir die Hände entgegen.

«Sam, stimmt's, dass du eine Pistole hattest?», fragt Mirko.

«Ja, das stimmt. Aber da war ich viel älter als du. Und geschossen habe ich nur am Schiessstand.»

«Papa sagt, dass ihr einmal in seinem Haus geschossen habt.»

«Das war sehr dumm von uns.»

Ein Mann mit spärlichem Haar und breitem Lachen tritt hinzu und umarmt mich. «Unsere Räubergeschichten. Hallo, Carla!»

Miles und Samuel tätscheln sich gegenseitig auf die Schulterblätter, Raphaela stellt sich vor Samuel hin. «Komm, ich will dir etwas zeigen!»

«Lass ihn erst einmal absitzen», sagt Miles.

Wir gehen über den Rasen hinters Haus, wo an mehreren Orten Tische und Bänke stehen: im Schatten eines blühenden Zwetschgenbaums, auf dem Sitzplatz vor dem Wohnzimmer, auf einer Holzplattform in der Abendsonne.

«Setzt euch bitte», sagt Miles auf der Holzplattform, «Eva kommt auch gleich. Sie hat einen Notfall in der Praxis.»

«Und Sally?» Samuel wendet sich an mich. «Die älteste Tochter.»

«Hockt im Zimmer und chattet. Aber sie kommt gleich runter», sagt Miles. «Weissen? Ein Bier?»

«Cola!», rufen Mirko und Raphaela.

Samuels Arm liegt um meine Hüfte. Ich schliesse die Augen, um die Sonne auf dem Gesicht zerfliessen zu lassen. Samuel erzählt Miles von der neuen Sammlung, die er mit René erstehen kann, die Tüte Chips, die vorhin auf dem Tisch lag, gibt ein Rascheln von sich. Als ich die Augen öffne, liegen Chips wie Blütenblätter im Gras, und die Gläser sind mit Cola, Bier und Wein gefüllt. Raphaela drückt sich mit flacher Hand Chips in den Mund.

Miles erzählt von seiner Beförderung. Er übernehme die Rentensparte, die wegen der tiefen Bankzinsen boome. «Ich lanciere ein Produkt für Frauen. Gerade die mit den kleinen Löhnen sollten in ihre Rente investieren.»

Miles scheint nie arm gewesen zu sein. Sonst wüsste er, dass Leute mit geringem Einkommen kein Geld zum Investieren haben. Vermutlich gehörte er schon in der Schule zu denen, die auf die Frage, was sie beruflich machen möchten, «möglichst viel Geld verdienen» antworteten und sich als Chef sahen.

Ich hingegen hatte in jungen Jahren noch nicht begriffen, dass mensch sich mit Geld befassen muss, um viel davon zu haben. Ich dachte, gutes Geld sei die Konsequenz von guter Arbeit.

Wie naiv.

Andererseits hätte ich auch im Wissen um die Mechanismen des Kapitalismus keinen anderen Beruf gewählt und mich nicht mit Börseninformationen beschäftigt. Ich hielt mich an das, was Oma sagte: Mit Geld verhält es sich wie mit Schönheit. Beides ist nur anziehend, wenn es nicht die Hauptsache ist.

«Wolltest du schon immer bei einer Versicherung Karriere machen?», frage ich Miles.

Er winkt ab. «Vor dreissig Jahren wollte ich mit Sam eine Brauerei gründen, vor zwanzig Jahren war Barbesitzer mein Wunschberuf, obwohl ich Versicherungsfachmann war, dann wurde ich Vater und begann auf meine Position hinzuarbeiten. Wolltest du schon immer zum Theater?»

Ich nicke, und während ich eine gross gewachsene Frau näherkommen sehe, sage ich: «Aber ohne irgendwem auf der Tasche zu sitzen. Deswegen habe ich eine pädagogische Ausbildung angehängt.»

Eva grüsst distanziert. Den Kindern streicht sie über den Kopf, ihren Mann berührt sie nicht. Eine schwangere Patientin sei gestürzt und habe Bauchkrämpfe bekommen, sagt sie. «Seid ihr hungrig?»

Samuel nickt. Ich gehe mit Eva in die Küche, wo sie sich Saft in ein Glas schenkt und in einem Zug leer trinkt. Danach entnimmt sie dem Kühlschrank, an dem drei Stundenpläne kleben, wortlos eine Schüssel Salat und eine Platte mit Würsten und mariniertem Fleisch. Evas hantierendes Schweigen ist mir unangenehm. Während ich das Zellophan von der Fleischplatte entferne, lobe ich die Küche. Eva fragt ins Brotschneiden hinein, wie lange ich schon mit Samuel zusammen sei.

«Drei Monate», sage ich und staune, dass es nicht schon länger ist.

«Kommst du klar mit seiner Mutter?», fragt Eva.

«Ja, sie ist herzlich», antworte ich, «warum fragst du?»

«Nur so», sagt Eva. Sie setzt zu einem weiteren Satz an, schliesst den Mund aber wieder. Nach einem Moment des Schweigens sagt sie: «Man wird ja Teil einer Familie, wenn man eine Beziehung eingeht.»

«Ohne Kinder gibt es nur so viele Berührungspunkte, wie man als Paar möchte», entgegne ich und wundere mich darüber, dass sogar Menschen mittleren Alters eine Liebesbeziehung mit Familie in Verbindung bringen. Ich mochte Michaels Mutter, sie ist eine warmherzige Frau. Aber mit unserer Beziehung hatte sie nichts zu tun.

21

Zum Knuddeln, die kleine Raphaela. «Sind deine Locken echt?», wollte sie wissen. Ich wickelte mir eine Haarsträhne um den Finger und sagte: «Nein. Ich mache den ganzen Tag so», und drehte den Finger weiter ins Haar. Raphaela machte es mir nach, doch ihre glatte Strähne fiel gerade auf die Schultern, sobald sie den Finger aus dem Kringel zog. «Stimmt nicht!»

Ich setze mich auf Samuels Balkon, Samuel küsst mich aufs Haar. «Ich geh rasch duschen.»

In den Häusern gegenüber ist nur noch in einem Fenster Licht. Schon alle im Bett? Oder mögen Samuels Nachbarn kein Licht beim Sex?

Mirko erzählte stolz, er habe eine richtige Freundin. Was er mit «richtig» meine, fragte ich. «Wir küssen uns», sagte er fachmännisch. «Magst du es, wenn Samuel deine Schnecke küsst?» Samuel grinste, Raphaela kicherte, Miles zwinkerte, Eva schaute drein, als dächte sie, «was für einen aufgeweckten Jungen ich habe», und ich freute mich über die Unverkrampftheit der Familie.

«Miles hat coole Kinder», sage ich zu Samuel, der sich nackt zu mir setzt.

«Hätten wir vor 15 Jahren nicht gedacht. Damals interessierte Miles und mich die perfekte Abfolge und Menge an Pillen für einen Trip mehr als Familie.»

«War Eva dabei?»

«Um Himmels willen. Aber sie erlaubt es Miles, einmal pro Jahr mit mir zu feiern wie damals.»

«Haben Miles und sie Probleme?»

«Sieht so aus. Ich hoffe nicht, dass sie tun, was alle tun, wenn sie zu wenig Sex und zu viele Pflichten haben. Die Kinder sollen nicht erleben, dass ihre Sachen und Gefühle immer am falschen Ort sind.» Samuels schmaler Oberkörper leuchtet im Schein der Kerze, der Penis liegt schlaff auf den Beinen.

«War das bei dir so?»

«Jedes Mal, wenn ich zu meinem Vater in die Berge musste, klammerte ich mich am Bahnsteig an Mama. Ich habe noch vor Augen, wie sie mit dem Kopf auf den Kinderwagen deutete, in dem Melanie schlummerte, und sagte, mit ihr sei mir doch langweilig.»

«Mochtest du deinen Vater nicht?»

«Ich kannte ihn nur von den Wochenenden. Mama zog kurz nach meiner Geburt von den Bergen in die Stadt zu meinem Stiefvater, Vater blieb auf dem Land. Mein drei Jahre jüngerer Halbbruder Ralf freute sich immer, wenn ich kam. Als er klein war, spielten wir mit Lastwagen und Autos, später gingen wir in den Wald. Alles war gut, bis Mama anrief und sagte, sie vermisse mich.»

Ich stelle mir den Buben Samuel vor und frage mich, ob es heute, wo fast die Hälfte der Ehen geschieden wird, einfacher ist für die Kinder, zugleich vermisst und verschoben zu werden.

«War ich krank, musste ich nicht in die Berge», sagt Samuel. «Aber das passte meinem Stiefvater nicht. Er war der Meinung, Mama erziehe mich zum Simulanten.»

Samuel spricht sich in Rage. «Stiefvater war ein Arschloch. Er hatte nur seine Firma und seine Affären im Kopf. Eines Tages schmiss Mama seine Architekturmodelle und Playboy-Hefte aus dem Fenster und trampelte im Garten darauf herum. Aber das änderte nichts.»

Ich weiss nicht, was ich sagen soll. Ich hatte keinen lebenshungrigen Vater.

«Mama sagt oft zu mir: ‹Wenn du nicht gewesen wärst› …» Samuel verschränkt die Arme vor der Brust. «Schliesslich machte sich Stiefvater mit einer seiner Mitarbeiterinnen davon.»

«Lebt er in der Stadt?»

«Für mich ist er gestorben. Er hat nicht einmal für uns gesorgt. Mama musste nach der Scheidung in einer Drei-Zimmer-Wohnung hausen, und ich finanzierte unser Leben. Nur Melanie bekam grosszügig Geld von ihm.»

Bevor ich etwas sagen kann, fügt Samuel an: «Aber nun habe ich dich, Honey, und Mama hat Albert und ihre Karriere als Model.» Er steht auf und zieht mich ins Schlafzimmer hinauf.

22

Die Kontaktlinse saugt sich an meinem Auge fest, als sich in der Wohnungstüre ein Schlüssel dreht. Ich eile die Treppe hoch ins Schlafzimmer, rufe Samuel zu: «Jemand hantiert an deiner Türe.»

«Könnte Mama sein.»

Besuch am frühen Morgen. Während ich mich ankleide, verrät ein schleifendes Geräusch im unteren Stock, dass die Garderobenschranktüre bewegt wird. Auf dem Bett sitzend warte ich, bis Samuel in Jeans und Hemd geschlüpft ist.

«Scheu geworden?», fragt er.

«Ich bin morgens nicht gerne unter Leuten.»

Samuel schaut mich an, als hätte ich etwas Seltsames gesagt. «Ist ja nur Mama.»

Als wir runtergehen, steht Agnes an der Spüle. «Oh, du hast Besuch», sagt sie, «ich hoffe, ich komme nicht ungelegen.»

«Nein, nein», versichert Samuel und küsst ihre Wange.

Ich grüsse herzlich, während ich mit dem Gedanken spiele, nach Hause zu fahren und dort in Ruhe Kaffee zu trinken. Tu nicht kompliziert, befiehlt es in mir, und ich gehorche, indem ich den Wasserkocher einschalte und Agnes frage, ob sie einen Tee möchte.

Agnes, die Samuel etwas zuflüstert, reagiert nicht.

Vermutlich die falsche Frage in einer Küche, in der sie eine Weile zu Hause war. Aber warum flüstert sie?

Ich nehme für mich eine Tasse aus dem Schrank, stelle sie neben den Wasserkocher und warte, bis das Wasser sprudelt. Agnes legt einen Beutel Rooibos-Mandarinen-Tee in die Tasse, giesst Wasser darüber. Ich nehme noch eine Tasse aus dem Schrank und mache Tee für mich. Samuel deckt den Tisch, ich stelle Butter und Marmelade dazu, Agnes holt für sich und Samuel Stoffservietten aus dem Bauernschrank.

«Toast?», fragt Samuel.

«Wie immer», sagt Agnes.

«Kaffee, Süsse?»

«Wie immer», sage ich.

Er stellt zwei Tassen unter den Brühhahn, fragt seine Mutter, wie es mit dem General laufe.

«Ich habe ihm gesagt, er soll eine neue Alarmanlage kaufen. Die jetzige kann ich nicht bedienen.»

Samuel erklärt mir grinsend, elektronische Geräte streikten nur schon, wenn seine Mutter sie ansehe. Agnes schaut ihn an wie ein Kind, das getadelt wurde. Schnell streckt sie ihm den Handrücken unter die Nase. «Schau dir meine Fingernägel an. Albert hat sie mir gestern poliert.»

«Rührend», sage ich, um mich am Gespräch zu beteiligen. «Mir hat noch nie jemand die Nägel poliert.»

«Was ist denn in den gefahren», sagt Samuel, der sich mit dem Kaffee an den Tisch setzt.

Hatte er nicht von der grossen Liebe zwischen seiner Mutter und dem Arzt gesprochen?

Ich sehe zu, wie auf Samuels Toast die Butter versickert, und nippe an meiner Tasse.

Agnes erzählt von ihrer Stylistin und der Tochter der Stylistin, Samuel sagt gelegentlich «aha», ich sehne mich nach Zeitung mit Ruhe. Obwohl sie voller Krieg und Zwietracht ist, versorgt mich die Lektüre morgens mit der Konzentration, die ich im Tag brauche. Ich lese Leid, blättere es weg, ich lese Erklärungen, zweifle. Am Ende habe ich die Illusion zu wissen, was ist, und wende mich meinen eigenen Sätzen zu.

Kaum ist meine Kaffeetasse leer, hole ich meine Sachen aus dem Schlafzimmer. Samuel kommt dazu, fragt, ob ich es eilig hätte.

«Heute schon.» Leise schiebe ich nach: «Könntest du deine Mutter bitten, sich künftig anzumelden, wenn ich hier bin? Dann kann ich rechtzeitig nach Hause, um in Ruhe zu frühstücken.»

Er schaut mich verdutzt an.

Mechanisch schliesse ich mein Fahrrad auf. Der General. Was ist in den gefahren. Die Szene ruft in mir die selbstverständliche Bosheit von Familiensprache wach. Meine Grossmutter und meine Mutter bezeichneten eine Cousine zweiten Grades als «Debilie», Vaters Vater wurde am Familientisch «sturer Bock» genannt. Als Kind hinterfragte ich diese Bezeichnung erst, als der Pfarrer bei der Beerdigung des Grossvaters von einem «umsorgenden und grossmütigen Familienmenschen» sprach und Vater weinte. Das passte nicht zu dem, was bisher über den Grossvater gesagt wurde. Ambivalenz kannte ich als Kind weder als Wort noch als Wahrheit.

Am Familientisch ging es oft um Leute, die nicht anwesend und nicht von Bedeutung waren. Die-tut, Dermacht, Jene-hat. Ohne sie wäre es beim Essen still gewesen. Oder laut vom Ungesagten.

Ich komme ins Schnaufen. Agnes trat beim Frühstück auf wie eine Schauspielerin, die ihren Wert an der Zahl der Worte misst, die sie auf der Bühne sprechen darf. Nichts, was ich einbrachte, kam ins Spiel mit ihr. Aufgebracht schalte ich einen Gang runter. Die beiden könnten sich auch über mich das Maul zerreissen. Auch mir einen Übernamen verpassen. Atemlos trete ich gegen den längst vergangenen Verrat des Verleugners an.

23

Das Fahrrad ankettend fasse ich den Entschluss, mir den Morgen nicht verderben zu lassen. Wie bei einer Theaterprobe fange ich frisch an: Briefkasten öffnen, die Zeitung herausnehmen, mich in die Küche setzen.

Die Titelseite ärgert mich. Warum soll es eine Schlagzeile wert sein, dass ein Nie-König und seine Nie-Königin das königliche Land verlassen, weil sie das Höfische nicht mehr ertragen? Warum soll ich auf der Titelseite einer politischen Zeitung lesen, dass die beiden deswegen ihre königlichen Würden x-ten Grades verlieren?

Während ich Kaffee mache, denke ich an die Filmserie über das englische Königshaus, die ich zunächst aus Neugierde, dann mit Begeisterung geschaut habe. Wie kurzweilig darin Abhängigkeiten in Familie und Politik des 20. Jahrhunderts geschildert werden! Zum Beispiel die Szene mit der jungen, auf Verfassungsfragen und Etikette getrimmten Thronfolgerin. Sie bittet ihre Hofverwaltung darum, in Physik geschult zu werden, weil sie einen Zeitungsartikel nicht versteht. Ihre Mutter und der Sekretär finden das unnötig. Sie solle sich auf die jahrhundertealten Hofregeln konzentrieren, sagen sie, der Rest brauche sie nicht zu kümmern. Worüber sie denn bei den Banketten mit Staatschefs und Aussenministern sprechen solle, gibt die junge Monarchin betrübt zu bedenken. Zuhören und lächeln genüge, wird ihr beschieden. Immer wieder opfert die Königin auf Empfehlung der Hofverwaltung alles, was ihr und ihren Liebsten wichtig ist: die Tatkraft ihres Gatten, die Liebesbeziehung ihrer Schwester, die Liebesbeziehung ihres Sohnes. Die mächtigste Frau im Palast hat keine Macht über ihr Leben, und die Familienmitglieder werden das Los ihrer Unbedeutsamkeit nicht einmal durchs Auswandern los.

Als mein Kaffee getrunken ist und sich mein Computer bereit macht, äugt eine Blaumeise von der Fensterbank auf meinen Schreibtisch. Hätten Sophokles und Shakespeare nicht Unübertreffbares über verzweifelte Mächtige geschrieben, ich würde mir anstelle von *Szenen einer Liebe* ein Stück über *Familie Königs* ausdenken.

Da in den alten Theaterstücken königliche Auftritte Drama bedeuten, schriebe ich eine Komödie. Ödipus brächte einen Hellseher dazu, Iokaste ein Leben als Sirene zu prophezeien, die Königin der Nacht wäre froh, dass ihre Tochter mit dem Prinzen durchbrennt, damit sie keine Hausaufgaben mehr machen muss mit ihr, und Elisabeth sähe in Maria keine Feindin, sondern ginge mit ihr zocken. In meinem Stück begingen nicht alle, die auf die Königin hören, Verrat am eigenen Leben. Sie wären frivol, frei und glücklich.

Endlich ist der Computer hochgefahren. Aber ich nicht. Nochnichtwissen treibt mich zum Küchenschrank, wo ich mir zwei Kaubonbons zwischen die Zähne stecke und sie zerbeisse. Ein drittes und viertes Bonbon nehme ich zum Schreibtisch mit und lese, was ich tags zuvor geschrieben habe.

Eine Tochter sitzt vor dem Computer, am Bildschirm spricht ihre Schulfreundin.

FREUNDIN *(leise)*	What's up? Ich kann nicht reden, meine Mom ist im Nebenzimmer.
TOCHTER	Ich habe dir doch erzählt, dass mein Vater eine Freundin hat.
FREUNDIN	Was ist mit ihr?
TOCHTER	Die Tussi hängt die ganze Zeit bei uns rum. Gestern hat sie gemerkt, dass ich keinen Bock habe auf Pseudofamilienabende. Was los sei, wollte sie wissen. Ich habe ihr gesagt, sie solle respektieren, dass Papa und ich hier wohnen. Laut geworden bin ich aber erst später, als sie sagte, dass sie mit Papa und mir in die Ferien mitkomme.
FREUNDIN	Was? Ohne dich zu fragen?

TOCHTER Ich bin voll ausgerastet. Ob es ihn nur noch im Doppelpack gebe, habe ich zu Papa gesagt. Ob die Tussi keine Freundin habe, mit der sie Ferien machen könne.
Er hat sich furchtbar darüber aufgeregt, dass ich sie Tussi nenne.
Ich habe gesagt: Ferien mit mir oder mit ihr.
Das fand die Tussi total daneben. Ob ich nicht wolle, dass Dad glücklich sei, hat sie gesagt. Als wäre er unglücklich mit mir!

Die Freundin sagt etwas, aber der Ton ist aus.

TOCHTER Schalt den Ton ein!

Im Rücken der Freundin geht eine Türe auf, dann wird es dunkel.

Nun könnte die Tochter mit dem Vater feilschen. Zeit mit der Freundin gegen Gaming-Zeit und neue Turnschuhe. Das schlechte Gewissen des Vaters verspräche ihr beides, und die Tochter führe fort mit ihrer Auflehnung gegen seine Freundin.

Nie werde ich den gewaltsamen Satz des Zehnjährigen vergessen, den er nach seinem Vater schmiss, als dieser ihm sagte, er wolle mich in sein Leben lassen. «Du bist ein Verräter.» Der Verleugner erzählte es mir unter Tränen und opferte meine Rechte als gleichberechtigte Partnerin, «bis sich der Junge beruhigt hat». Ich durfte nicht anrufen, wenn er mit dem Sohn oder seiner Ex-Frau zusammen war, ich durfte nicht auf Vereinbarungen bestehen. Umgekehrt gab er Sohn und Ex das Recht, jedes unserer Gespräche und jede Unternehmung zu stören. «Nicht mit mir», sagte ich. «Hab Geduld.» «Ich schaffe es.» «Das nächste Mal.» Dann «Der Junge ist krank», «Seine Mutter hat Probleme».

Noch immer frage ich mich, weshalb es sich der geschiedene Mann nicht erlaubte, eine Liebesbeziehung einzugehen. Es kann einem Kind doch nicht schaden, seinen Vater als Liebenden zu erleben. Jedenfalls nicht mehr, als die Eltern jahrelang streiten zu hören. Doch jeder der Papas, die ich in meiner Singlezeit kennenlernte, wollte eine ferne Frau. «Ich wünsche mir eine Partnerin, die sich selbst genügt.» Den Letzten, der diesen Spruch fallen liess, lachte ich aus. «Würdest du dir selbst genügen, hättest du keine Familie und sähest dich nicht nach einer Geliebten um.»

Die Blaumeise fliegt davon, und ich schreibe eine neue Szene.

24

Ein Mann klickt sich durch eine Galerie von Frauenfotos.

MANN Diese Auswahl! Die sieht sympathisch aus, und die, wow! Warum blieb ich bloss so lange bei meiner Frau. Schade, die wünscht einen Studierten. *(klickt weiter)* Die ist auch nicht schlecht. Aber so eine lange Liste mit Dingen, die sie will. *(klickt)* Die wäre gut, ist oft unterwegs, hat auch Kinder. *(klickt)* Mist, kein Match. *(klickt)* Was muss ich schreiben, um so eine zu angeln?

CHATBOT Hallo, kann ich dir helfen?

MANN Ich will die Frau mit den Kindern und dem Auswärtsjob.

CHATBOT	Schreib ihr, was du liest, welche Serien du magst, was du kochst und dass du Freunde hast. Freunde machen dich attraktiv.
MANN	Ich lese morgens online die News, abends gehe ich ins Gym und schaue Fussball. Meine Freunde sind alle verheiratet, wir haben uns aus den Augen verloren. Meinst du, Risotto kommt gut an?
CHATBOT	Risotto kochen hebt dich nicht von den anderen ab.
MANN	Ein Leben lang habe ich darauf geachtet, nicht aufzufallen und nicht anzuecken, und nun soll ich es plötzlich tun, um ein paar nette Abende mit einer Frau verbringen zu dürfen?! Schau dir die Frauen an. Auch sie sind durchschnittlich. Und doch fühlen sie sich zu gut für mich. Was ist mit den Weibern los?

CHATBOT Diese Frage kann ich nicht beantworten. Du musst immer höflich sein. Der Zaubersatz für diese Frau heisst: Erzähl mir von dir.

MANN *(tippt den Satz ein)* Sie will mich noch immer nicht. Du hast mich belogen.

CHATBOT Sorry, ich musste sie mit einem zusammenbringen, der ein Abo gelöst hat. Wenn du deine Chancen erhöhen willst, klick hier. *(Ein Button, der zu einem Abonnement von 20 Euro pro Monat führt, wird eingeblendet.)*

(Die Frau ist wieder zu sehen.)

FRAU Hi!

MANN Hi! Bist du echt?

FRAU Ich habe den Chatbot ausgetrickst. Er hat allen den gleichen Tipp gegeben. 300 Anfragen im selben Wortlaut.

MANN Mir wollte er auch seinen Zauberspruch verkaufen. Stattdessen kann ich dir Risotto und einen gemütlichen Abend auf meinem neuen IKEA-Sofa anbieten.

FRAU Welches Sofa?

MANN Das blaue mit den blauen Streifen.

FRAU Mein Personal Coach sagt, dass es die alltäglichen Dinge sind, die darauf hinweisen, ob Menschen zusammenpassen. Ausserdem meint er, dass es für mich Zeit wird, keine Kompromisse mehr einzugehen. Da das blau gestreifte Sofa nicht meinem Geschmack entspricht, muss ich dir leider einen Korb geben.

25

Ein Lichtstrahl quetscht sich durch den schmalen Spalt zwischen Fensterladen und Rahmen, durchquert das Zimmer und breitet sich an der Wand zum Streifen aus. Im Streifen bewegen sich grüne Blätter, als hingen sie an einem Ast. Obwohl Samuel zum Schlafen alles aussperrt, dringt die Birke aus dem Hof durch einen Spalt in sein Reich und begrünt es.

Samuels Atemzüge wiegen mich zurück ins Dunkle, in eine schattige Halle. Von der aus sehe ich zu einem mit Gusseisengeländer verzierten, besonnten Balkon. Über dem Geländer hängt ein bunter japanischer Stoff, der von einem Luftzug zum Segel gebläht wird. «Das ist typisch für Japan», sage ich, obwohl ich noch nie in Japan war und mich mit dieser Kultur auch nicht auskenne. Samuel sitzt nackt vor einer Staffelei. Auf der Leinwand ist in dicken schwarzen Tuschstrichen ein Frauentorso mit gespreizten Beinen gemalt. Ich, ebenfalls nackt, lege die Arme von hinten über Samuels Brust und drücke mich an seinen Hinterkopf. Ich küsse seinen Hals, lasse meine Hände über den Bauch hinabgleiten. Samuel greift nach meinen Brustwarzen. Lust durchfährt mich. Ich möchte «Fessle mich» sagen oder «Mach mit mir, was du willst», aber der Traum stopft mir die Wörter zurück in den Körper.

Erregt schäle ich mich aus dem Bett, stelle mich unter die Dusche. Die Brustwarzen sind empfindlich, als hätte ich nicht nur von Sex geträumt. Während ich mich ankleide, höre ich Samuel gähnen.

«Hast du schon nach japanischer Art gefesselt?», frage ich.

«Nein. Meine Ex mochte Handschellen.»

«Ich will nicht wissen, was du mit deiner Ex gemacht hast.» Erstaunt über die Schärfe meines Tons ergänze ich besänftigend: «Mir geht's um *meine* Lust. Ich möchte dich damit beschenken.»

In mir kichert es. Wenn mich diejenigen hören würden, die es sexistisch finden, wenn ein Mann eine Frau bewundert. Vermutlich würden sie mich des Verrats am Feminismus bezichtigen, weil ich einen Mann sexuell beschenken will.

Lebt deren Sex nicht davon, sich gegenseitig zu erfreuen? Glauben die, die sexuelle und die soziale Sphäre seien identisch? Ich habe nicht den Eindruck, dass ein Mann, der sich im Bett gerne unterwirft, im sozialen Leben den Frauen den Vortritt gibt. Also können auch Frauen trennen zwischen ihrem Selbstverständnis im Alltag und beim Sex.

Samuel rollt sich aus dem Bett. «Ich lerne gerne japanisch Fesseln. Dich an einen Stuhl zu binden, reizt mich.» Er greift nach seinem Mobiltelefon, surft, streckt es mir hin. Unter dem Titel «Shibari» poppt eine mit rosa Seil gefesselte Japanerin auf, die aussieht wie ein Mädchen. Über den Brüsten der Frau verdichtet sich das verknüpfte Seil so, dass man nicht hindurchsieht. Samuel grinst. «Aber eine Makramee-Eule knüpfe ich dir nicht über den Brustwarzen.»

Bis Samuel geduscht hat, verziehe ich mich mit dem Schminkzeug ins untere Bad. Woher kommt meine plötzliche Lust, Shibari auszuprobieren? Als ich jung war, dachte ich, verliebt zu sein, genüge, um zu begehren. Sich küssen, sich streicheln, nackt auf einem Bett liegen waren die Bilder dazu. Schon die Vorstellung, in einer Toilette oder im Auto Sex zu haben, befremdete mich. Einen Penis in den Mund zu nehmen, stellte ich mir eklig vor. Mein erster Freund bat mich nie darum. Traute er sich nicht? Wie hätte ich reagiert? Ich befeuchte meinen Zeigefinger, um die Augenbrauen glatt zu streichen.

Mit den Jahren und Männern wuchs meine Neugier, und die Scheu schrumpfte. Ich begann mit Fragen und Sagen.

Würdest du …

Ich möchte dich so …

Hast du etwas dagegen, wenn ich …

Fass mich mal so an …

Stell dir vor …

Jeder Wunsch bereicherte mein Empfinden, und das Spiel wurde lustiger, lustvoller und vielseitiger. Ein Nein blieb eine Möglichkeit.

Faszinierend, dass sich jeder Mensch auf seine Art sexuell ausdrückt. Obwohl der Vorgang biologisch gesteuert ist, hat jede und jeder seine oder ihre Eigenart. Weshalb? Wie kommt jemand darauf, dass es ihn erregt, wenn auf ihm herumgetrampelt wird? Weshalb wünscht jemand Stimulation durch Schmerz? Hängt der körperliche Ausdruck vom Körperbau ab oder entspringt er wie die Art des Gehens und Sprechens der Nachahmung? Doch wie kann man etwas nachmachen, das man ausser in Pornos nicht sieht und über das in Familien nicht gesprochen wird?

Fragte ich meine Mutter, was sie sexuell praktiziere, antwortete sie zu Recht: «Warum willst du das wissen?»

Die Wimperntusche verschmiert. Mist! Im Spiegelschrank gibt es vielleicht Wattestäbchen.

Gibt es nicht. Dafür mehrere Puderdosen, Lidschatten, Lippenstifte. Agnes muss die sorgfältigst geschminkte Kranke der Umgebung gewesen sein. «Hast du Wattestäbchen, Samuel?»

Er eilt herbei, deutet auf den Schrank.

«Hier gibt es nur altes Schminkzeug von Agnes.»

Er öffnet die andere Spiegeltüre, streckt mir Wattestäbchen hin. «Ich habe dir den neuen Artikel über Mama noch nicht gezeigt, fällt mir ein.»

«Ich komme gleich.»

In der Küche schiebt mir Samuel eine Gratiszeitschrift unter die Augen. «Schau, die Bilder sind super.»

Sind sie. Allerdings hat es der Fotograf nicht geschafft, Agnes mehr als zwei Gesichter zu entlocken. Auf den Tisch gestützt lese ich den Artikel. *Früher war ich Bildhauerin, heute bin ich Model. Bald bin ich in einer Social-Media-Kampagne eines Kasinos zu sehen.* Neben dem

Modeln kümmere sie sich um den Garten ihres Partners. *Ich liebe Blumen! Ausserdem sehe ich meine beiden grossartigen Kinder regelmässig. Mein Sohn hilft mir mit technischen Dingen, ich helfe ihm im Laden. Die Stammkunden freuen sich immer, wenn sie mich sehen. Dass Sie noch arbeiten, sagen sie. Ja, was soll ich sonst tun? Mein Partner reist nicht gerne, und mein Sohn braucht mich. Ich würde ihn niemals im Stich lassen, so, wie er mich nie im Stich lässt. Als ich krank war, hat er sich um alles gekümmert: die Arzttermine, die Mahlzeiten, die Medikamente. Für Krankheiten sind wir leider anfällig. Aber wenn ich sehe, wie es anderen in meinem Alter geht. Die hocken den ganzen Tag allein vor dem Fernseher, gehen allein einkaufen, essen allein.* Essen habe für sie eine besondere Bedeutung, heisst es im Artikel. *Als Mädchen war ich oft hungrig – ich wuchs in der Nachkriegszeit auf. Deshalb war eine volle Vorratskammer mein Traum. Im Dorf, wo ich mit meinen zwei Schwestern und meiner Nazi-begeisterten Verwandtschaft aufwuchs, konnten sich das nur Bauern leisten.* Mit sechzehn meldete sich Agnes auf ein Stelleninserat, in dem eine Gesellschafterin für eine alte Dame gesucht wurde. Sie bewarb sich, obwohl sie dafür in einen noblen Kurort in den Schweizer Bergen umsiedeln musste. *Ich wollte etwas Besseres, als von alten Männern, die frustriert waren über den Verlust an Macht in Land und Haus, angegeifert zu werden. Wie meine Schwestern als Verkäuferin zu arbeiten, kam nicht infrage für mich.* Agnes bekam die Stelle. Endlich Welt, dachte sie. *Filmstars lebten in der Nachbar-*

schaft. Mit Liz Taylor ergab sich auf der Post einmal ein Schwatz, anderen Prominenten begegnete ich in der besten Konditorei des Ortes. Als Gesellschafterin hatte ich nicht viel zu tun, es gab Personal. Ich ass mit der alten Dame, begleitete sie zum Friseur und zum Boutiquenbummel. Abends schauten wir zusammen fern, oder ich las ihr etwas vor. Aus ihrer Vorratskammer durfte ich essen, wann und was ich wollte. Da hingen ganze Schinken! Auch wenn es mit Scheidungen und Krankheiten schwere Momente gab, sei sie dankbar für ihr Leben, steht da. *Da ist nur noch ein Wunsch. Ich möchte einmal aufs Titelblatt der* Vogue.

Ich richte mich auf. «Agnes war Bildhauerin?»

Samuel winkt ab. «Mama lebt in ihrer eigenen Welt.» Er faltet den Artikel sorgfältig zusammen. «Ich fürchte, das mit *Vogue* bleibt ein Traum. Mamas Agentur arbeitet nicht international, und ich habe keine Verbindungen in die Zeitschriftenwelt.»

Ich überlege, ob ich jemanden kenne, der so etwas einfädeln könnte, aber es fällt mir niemand ein.

26

Eine Hinterhoffabrik zwischen Wohnhäusern – hier muss es sein. Unter unseren Schritten reiben grobe Kiesel aneinander.

Vor dem Eingang des Backsteingebäudes steht eine Gruppe Männer und Frauen zwischen 25 und 40 Jahren. Einer der Männer trägt dünne Nylonstrumpfhosen, die einen schwarzen Slip durchblicken lassen, die anderen haben Sommersachen an. Auf Samuels Frage nach der Umkleide zeigt eine blonde Frau mit dem Finger zum hinteren Teil. Wir folgen dem Zeig.

Drinnen sind zwei Frauen und ein Mann dabei, Jogginghosen und T-Shirts anzuziehen. Die eine deutet auf ihren Begleiter und sagt zur anderen Frau: «Er lässt sich nie fesseln. Ein bisschen feige, nicht?» Der Mann zieht eine Augenbraue hoch, die angesprochene Frau sagt: «Jedem Tierchen sein Pläsierchen», und ich ducke mich unter der ungewollten Information.

«Meine Schwester ist auch so», flüstert mir Samuel zu, nachdem die drei die Garderobe verlassen haben. «Sie stellte mich regelmässig bloss. Einmal erzählte sie in der Schule, Mama sitze den ganzen Tag an meinem Bett und füttere mich mit Kuchen, wenn ich krank bin.»

Im Saal setzen wir uns in eine Fensternische. Zwei

Armlängen entfernt zieht der Feige seine gefesselte Freundin mit einer Seilwinde vom Boden. Zwischen den Schnürungen quillt mit Stoff bedecktes Fleisch hervor, und ich denke an Rollschinken. Die Frau, deren Augen verbunden sind, gibt einen wimmernden Laut von sich. Der Mann hält das Seil fest in der linken Hand und geht zu ihr, küsst sie auf die Wange. Sie wimmert wieder. Er streichelt über die Brüste, die zwischen den Seilen hervorlugen, und küsst sie auf den Mund. Sie versucht, ihre Arme zu bewegen, und gerät winselnd ins Schwingen. Leidet die Frau? Oder ist sie erregt? Ihr Partner tut, als wäre nichts, und entfernt sich, um sie höher zu ziehen. Ich wende mich ab, greife nach Samuels Hand. «So etwas will ich nicht.»

Der Kursleiter ruft uns zu sich. Er sitzt wie ein Buddha auf dem Boden, seine Hände ruhen auf den Knien. Mit gedämpfter Stimme erklärt er die Regeln. Kein Knoten darf enger werden, wenn daran gezogen wird. «Ihr müsst sauber arbeiten, sonst kann es lebensgefährlich werden.» Zum Schluss sagt er: «Seid vorsichtig und aufrichtig mit euch selbst und mit eurem Partner oder eurer Partnerin. Fesseln kann einiges auslösen.»

Samuel sieht mich an. Wir gehen nicht zu weit, sagt sein Blick. Ich bin froh darüber.

Der Kursleiter verteilt Hanfseile und demonstriert an seinem Knöchel, wie die Seile für den Basisknoten nebeneinandergelegt werden. «Der Knoten muss flach am Körper liegen. Zieht man an den Enden, darf er sich nicht verhärten.»

Wir probieren es sofort aus, Samuels Schnüre verdrehen sich. Beim dritten Mal flucht er und lässt sich vom Kursleiter helfen.

Danach fessle ich vorsichtig Samuels Handgelenke, die auf seinem Rücken liegen. «Schneiden sie nicht ein?» «Alles gut?»

Als Samuel an mir übt, sehe ich, dass alle im Raum verstrickt sind. Zwei junge Frauen in engen Bodys küssen sich innig, während die eine über dem Boden hängt. Die Pobacken der stehenden Frau lugen unter dem Stoff hervor.

Das Geräusch von Schlägen auf Fleisch zieht meinen Blick in eine entfernte Ecke des Raumes. Eine Frau hängt verschnürt in der Luft, um sie herum stehen drei Männer. Einer schlägt ihr mit einem Bambusstöckchen auf die Vulva, die nur noch in der Mitte von einer lotterigen weissen Unterhose verdeckt ist. Ein anderer Mann hält das Seil, der dritte knetet ihre Brüste. Die Frau zuckt, als hätte sie einen Orgasmus. Sie beisst auf ein Tuch zwischen den Zähnen.

Befremdet von so viel Nähe drehe ich mich weg zum Kursleiter, der behände daran ist, eine der beiden anderen Anfängerinnen zu fesseln. Einem Balztanz gleich umwickelt er die junge Frau mit dem ganzen Körper. Sein Bauch berührt sie flüchtig, auch Brust und Lende streifen sie.

«Wie aufgeladen der Raum ist», sagt Samuel. «Üben wir später zu Hause weiter?»

Ich nicke. Als wir den Kursraum verlassen, ist eine der

beiden jungen Frauen im Body mit einem Mann zugange. Sie küssen sich, als wären sie schon lange ein Paar. Also ist sie doch nicht die Freundin der anderen Frau? Ich fühle mich alt in meiner Frage.

Draussen sagt Samuel über das Knirschen des Kieses hinweg: «Krass. Hast du die mit dem Stöckchen am Arsch gesehen?»

Ich stolpere, fange mich sogleich auf. «War mir zu intim. Ich mag anderen nicht beim Sex zusehen. Aber es gefällt mir, dass es möglich ist, ohne Schmuddel und Tabu Sexuelles auszuprobieren. Da waren so viele junge Leute.»

Samuel nickt. «Kein Vergleich zur Atmosphäre im Sex-Club, den ich vor Jahren besucht habe. Dort war alles weiss und abwischbar. Der Geruch von Desinfektionsmittel war nicht aus der Nase zu kriegen. Und die Leute latschten in weissen Bademänteln herum. Mit Erotik hatte das nichts zu tun.»

Hinter uns fällt das Eisentor ins Schloss. Ich bleibe stehen, um Samuel zu umarmen. Wir sind beide aufgeheizt. Samuel ignoriert das Brummen in seiner Hosentasche, obwohl es immer wieder einsetzt.

Wir gehen zum Thai um die Ecke, bestellen Laab und Reis, setzen uns damit an einen der kleinen Tische mit klebrigem Plastiktischtuch. Genervt nimmt Samuel das Telefon aus der Tasche, stellt es auf Lautsprecher und legt es neben seinen Teller. «Was gibt es Dringendes? Ich bin am Essen.»

«Wo bist du?», sagt Agnes weinerlich. «Ich konnte dich nicht erreichen.»

«Unterwegs mit Carla.»

«Ich habe mehrmals angerufen.»

«Mama, es ist Sonntag. Ich rufe dich morgen an, ja?» Samuel schaltet das Telefon ganz aus und steckt es sich energisch in die Gesässtasche.

Ich bin erleichtert, dass das Getue auch ihn nervt.

27

«Schon wach?»

«Da staunst du, Süsse. Viel zu tun.»

«Sonntag bist du zurück, oder?»

«Die Messe endet um 17 Uhr, danach alles zusammenpacken und zurück zu dir. Was hast du heute vor?»

«Unterrichten, Knäckebrot backen. Morgen treffe ich Sophie wieder einmal privat.»

«Knäckebrot! Bekomme ich welches?»

«Klar.»

«Du bist die Grösste. Bis später!»

Ich lege das Telefon weg und beeile mich mit Zähneputzen und Lippenschminken. Zu spät zur Schule zu kommen, können sich nur Schülerinnen und Schüler leisten.

Die Klasse ist still, als der Song von *The Doors* einsetzt, den ich an der Wandtafel übersetze.

Er ging den Flur entlang
und kam zur Türe
und schaute rein.
«Vater?»
«Ja, mein Sohn?»

«Ich will dich töten»
«Mutter? Ich will ...»

Komm, riskier was mit uns.
Komm, versuch's mit uns,
triff mich hinten im blauen Bus
auf einem blauen Teppich, in einem blauen Bus.
Fuck, fuck, yeah.

Zuletzt schreibe ich *The End (Das Ende), The Doors (Die Türen), 1967* und frage mich, ob ich die Schüler überfordere mit dem Thema «Mythen heute». Soll ich ihnen von der psychologischen Deutung erzählen, auf die der Song anspielt?

Vater, Mutter, Kind im umgestürzten Dreieck. Viele Schüler kennen das. Durch eine Scheidung werden sie unfreiwillig zu Stützen des wackligen Konstrukts. Mutter will geschützt werden, Vater will gestützt werden. Dass die Last sie verformt, wissen die Kinder noch nicht. Also keine Erklärung.

Ich gebe ihnen den Auftrag, in Gruppen einen Song zu einem der Mythen zu schreiben, die sie gelesen haben.

Sie verschieben Tische, suchen im Internet nach Beats, es wird geredet, getrommelt und gesungen. Auf meinem Mobile sehe ich, dass Samuel geschrieben hat. *Würdest du für die Messe eingepackte Süssigkeiten besorgen? Z.B. Nougat, Bonbons. Mama übernähme das schon, aber dafür habe ich keine Nerven.*

Bill und Suganthan winken mich herbei, schieben mir einen Text für einen Ödipus-Song vor die Augen:

Aufgepasst, du Idiot,
denk zuerst, bevor du schiesst,
du könntest deinen Vater treffen.

Ich habe keine Wahl,
mein Los, mein Los.

Bullshit, Bro,
töte nicht,
dann kann es nicht den Vater treffen,
den Vater treffen.

Ich habe keine Wahl,
meine Wut, meine Wut.

Ich nicke anerkennend. «Wir wissen nicht weiter», sagt Suganthan. Ich rate ihm, den Mythos noch einmal zu lesen. «Vielleicht könnt ihr die Mutter einbauen.»

Hinter ihm gibt mir Céline ein Zeichen. «Sie! Stirbt Ödipus am Schluss?»

«Es gibt verschiedene Versionen. Schau nach. Oder erfinde ein Ende.»

Céline schüttelt den Kopf. «Warum lesen wir den Scheiss?»

Sie erwischt mich auf dem falschen Fuss. Ich kann nicht sagen, «weil er Weltliteratur ist», oder «weil ihr üben müsst, vor Leuten aufzutreten», das würde sie nicht überzeugen. Ich sage, ob das Leben gelenkt werde und ob man dem Schicksal entrinnen könne, seien doch interessante Fragen.

Sofort beginnen die Schülerinnen und Schüler zu diskutieren, was Schicksal ist und wer daran glaubt. Auch wenn ich das nicht vorgesehen habe, notiere ich ihre Argumente. Auf die eine Wandtafel kommt «Verantwortung», auf die andere «Schicksal». Unter «Schicksal» stehen rasch viel mehr Wörter als auf der anderen Seite. Gott, Verschwörung, geheime Mächte, Vorsehung. Dass das Leben keinem Plan folgt und keinen tieferen Sinn hat, können sich wenige vorstellen. «Es muss einen Grund geben, dass wir hier sind», sagt Céline.

Ich widerstehe meinem Widerspruch. Die Schüler sind jung. Sie hängen an Erklärungen. Sinnlosigkeit auszuhalten, ist etwas für Lebenserfahrene.

Als es klingelt, frage ich mich, ob Samuel an Vorsehung glaubt. Kann jemand mit seiner Kindheit annehmen, dass sein Vater und sein Stiefvater für ihn ausgesucht wurden? Dass sein Schmerz von einer höheren Macht geplant war? Ich kann es nicht. Ich denke wie die Existenzialisten: Ich bin zur Freiheit verdammt und muss mich mit ihr und mir einrichten.

In der Pause setze ich mich im Lehrerzimmer ans Fenster und schreibe Samuel, dass ich ihm gerne Süssigkeiten besorge und dass ich neugierig sei, ob er an eine lenkende Macht glaube.

28

Ich bin hellwach und todmüde. Der Wecker zeigt halb sieben. Zu früh zum Aufstehen. Hinter meinen geschlossenen Augen beklagt sich ein Vater über *fuck, fuck*. Geh weg, ich will schlafen. Samuel trinkt vielleicht schon Kaffee. An Messetagen habe er keine freie Minute. Er wolle so viele Kontakte wie möglich knüpfen. Er, er, er.

Wie damals, als Single, als der morgendliche Refrain lautete: Wann. Wann ist da jemand, der mich in den Arm nimmt. Wann ist da jemand, der fragt, was ich denke. Wann wünscht sich jemand mein Mitleben.

Als könnte ich mich nicht selbst beschäftigen. Als wäre mein Leben ohne Mann nicht reich. Neben *fuck, fuck* lärmen nun auch noch andere Ausrufezeichen. Eine emanzipierte Frau ist nicht abhängig von Liebe! Eine emanzipierte Frau geniesst ihre Freiheit!

Ja, ja, maule ich und fühle mich schlecht.

Samuel würde sagen: «Alles gut. Schlaf noch etwas, Süsse.» Ich will seinen stummen Rat befolgen, doch der Schülervater taucht wieder auf. «Mein Sohn», sagt er, das «mein» betonend. Ich höre mich antworten mit «mein Schüler», das «mein» betonend. Etwas, das ich im Wachzustand nie tun würde. Meine Schüler sind nicht «meine» Schüler und nicht die Söhne und Töchter von. Sie sind

Kinder und Jugendliche mit einer Muttersprache, einer Schriftsprache und einem Dialekt. Sie sind junge Mitmenschen, wachsende Bürgerinnen und Bürger.

Um die Schläfrigkeit zu vertreiben, schlage ich schwungvoll die Decke zurück. Stunden mit Sophie erwarten mich.

Auf dem Parkplatz vor dem Bahnhof schaue ich mich nach ihr um. Warum kann ich mir nicht einmal die Farbe ihres Wagens merken.

«Carla!», ruft es hinter einer dunkelblauen Autotür hervor. Sophies Haare flattern.

Ich eile zu ihr, umarme sie so fest, dass unsere Brüste aufeinanderstossen. Während sie den Motor startet, erzähle ich, dass mir Familiengeschichten in die Quere kommen beim Schreiben. Sophie drückt aufs Gas, um in die ansteigende Strasse einzubiegen.

«Tja, in die Quere zu kommen, scheint das Wesen von Familien zu sein. Meine wacht zurzeit eifersüchtig darüber, dass das Theater nicht mehr Zeit bekommt als unbedingt nötig.»

«Mich hält das Geldverdienen vom Schreiben ab, nicht die Familie», werfe ich ein. «Ich wäre eine bessere Autorin, müsste ich nicht ständig unterrichten.»

«Widerspruch. Mit deinem Alltag bist du nahe am Publikum. Es gibt zu viele Theaterleute, die keine Ahnung haben vom Leben der Zuschauerinnen.»Sie beschleunigt den Wagen. «Ich habe mir den Nachmittag so vorgestellt: Baden, Sauna, Massage, später etwas essen. Was meinst du?»

Bevor ich antworten kann, klingelt mein Telefon. Eine unbekannte Nummer. Der motzende Vater aus meinem Traum?

«Feldman hier. Ist Carla am Apparat?»

Feldman. Ist das nicht Agnes' Stimme? «Heisst du nicht Bovard mit Nachnamen?»

«Ich benutze meist Sams Nachname, er ist einfacher. Wie geht es dir, meine Liebe?»

Ich freue mich über ihr Interesse, obwohl sich mein alter Familienreflex mit *Was will die von mir* meldet. «Gut, und dir?»

«Ich wollte dir nur sagen, dass das Knäckebrot grossartig schmeckt», sagt Agnes.

Warum isst sie Samuels Knäckebrot? Hat er es ihr weiterverschenkt?

«Danke, ich dachte, Samuel könnte Nervenfutter gebrauchen.»

«Es geht ihm gut, auf Messen geht es ihm immer gut. Wie gefällt dir der Ring?»

«Welcher Ring?»

«Der, den dir Samuel geschenkt hat. Ein Erbstück meiner Familie.»

Warum hat mir das Samuel nicht gesagt? Der Blinker beginnt zu ticken. Sophie schaut in den Rückspiegel, schert aus, beschleunigt und überholt.

«Das wusste ich nicht. Das macht ihn noch schöner.»

Agnes erzählt etwas von ihrer Mutter, Sophie überholt einen Lastwagen, aus dem Radio trällert es, dann wird der Empfang schlecht. «Agnes, ich höre dich kaum, ich muss auflegen.»

Sophie spurt ein. Der Blinker tickt weiter, als müsste er vor dem Geradeausfahren warnen.

«Schwiegermütter müssten Regieanweisungen bekommen», sagt sie. «Lasst die Jungen in Ruhe.» Sie lenkt den Wagen in eine Kurve. «Meine macht wieder einmal Stimmung gegen mich, weil ich die Kinder in der Schule verpflegen lasse.»

«Agnes bekäme die Anweisung: ‹Tritt auf, winkt, tritt ab.›»

Zwei Stunden später halte ich mich schwadernd am Poolrand fest und lausche durchs Plätschern. Eine Amsel singt mit einem Flugzeug, das sich in die Ferne dröhnt. Ich fliege mit ihm mit zu einem Häuschen hinter Dünen, wo vor drei Jahrzehnten eine Bekannte von Sophies Vater lebte. Sophie und ich verbrachten unsere ersten gemeinsamen Ferien dort. Die Bekannte bat mich, im Garten Basilikum zu pflücken. Weil Sophie schon damals eine Feinschmeckerin war, traute ich mich nicht zu fragen, wie Basilikum aussieht, und brachte ein mir unbekanntes Kraut in die Küche. Sophie lachte sich krumm und zeigte mir im Beet das Gewürz, das ich heute selbst anpflanze.

Noch anderes lernte ich von Sophie. Flirten zum Beispiel. Austern essen. Gut zu mir zu sein. Vorhin, in der Sauna, schaute ich an mir hinunter auf den speckig gewordenen Bauch. «Ich werde die zwei Kilos, die ich mir in der Pandemie angefuttert habe, einfach nicht los», sagte ich. Sophie schüttelte den Kopf. «Lass das. Du bist schön. Merk dir das.»

Ich merke es mir als Teil unserer Freundschaft. Oder müsste ich sagen, als Teil einer Liebesszene? Ich tauche mit dem Kopf unter Wasser. Dreissig Jahre Verbundenheit. Dreissig Jahre trotz Auslandsaufenthalten, Männern, Kindern. Ich tauche auf, hole Luft. Freundinnenliebe ist unbefangener als Geliebtenliebe und grosszügiger als Mutterliebe, das weiss ich heute.

Noch mit zwanzig dachte ich, Mutterliebe sei unendlich. Dann kam ich mit einem sechs Jahre älteren Mann zusammen, der in der Stadt wohnte und meiner Mutter keine besondere Beachtung schenkte. Anders als meine Freunde zuvor, übernachtete er nicht in meinem Kinderzimmer und kam selten vorbei. Wenn wir zusammen waren, waren wir bei ihm in der Wohngemeinschaft. Es fühlte sich erwachsen an. Mutter passte das nicht. An einem Sonntagabend wurde ich eisig begrüsst, als ich von ihm nach Hause kam. Ihr Haus sei kein Hotel, sagte Mutter. Ich fühlte mich, als wäre ich in die falsche Szene geraten. Sie wollte, dass ich während des Studiums bei ihr wohnte statt in einer WG. Ich machte meine Wäsche selbst, kochte hin und wieder, mähte den Rasen. Bis dahin genügte ihr das.

Vor der geschlossenen Türe 04 des Massagetrakts nehme ich das Mobiltelefon zur Hand, um Samuel zu schreiben. *Wie läuft es auf der Messe? Deine Mutter hat mich an-*

gerufen. Du hast nicht erwähnt, dass der Ring ein Erbstück ist.

Zu meiner Überraschung antwortet er sogleich. *Er ist kein Erbstück, ich habe ihn in Melanies Boutique gekauft. Aber er kommt von Herzen. Hier brummt der Laden. Alle wollen heute Stühle. Wie kommt es, dass es Stuhltage, Tischtage und Lampentage gibt? Hat das mit dem Mond zu tun? Oder sehen sich die Leute zur gleichen Zeit die gleichen Zeitschriften an? Kuss S*

Was soll das? Warum erzählt Agnes Lügen? Beim Abendessen meint Sophie: «Nimm sie nicht so wichtig.»

29

Ich ziehe die schwarzen Strümpfe aus, um es mir neben Samuel bequem zu machen. Wie immer nach dem Sex sind seine Blicke zart und meine Schenkel nass.

«Wann hattest du zum ersten Mal Sex?», frage ich.

«Mit vierzehn wurde ich fast von einer Freundin meiner Mutter verführt.»

«Was!»

«Gabrielle war blond, mädchenhaft und verströmte anmutige Herzlichkeit. Ihre Söhne waren in meinem Alter. Mama und ich waren oft bei ihnen. Einmal, Mama und Stiefvater waren für ein Wochenende in eine Weingegend verreist, durfte ich dort übernachten. Tagsüber war es regnerisch gewesen, sodass ich mich beim Herumstreifen im Wald verkühlte. Gabrielle liess mir ein Bad ein. Während es sich die Jungs vor dem Fernseher mit Chips bequem machten, setzte ich mich ins heisse Wasser. Auf einmal kam Gabrielle ins Badezimmer, entkleidete sich und schlüpfte zu mir in die Wanne. Unter Wasser sah ich ihre kleinen Brüste und das Dreieck ihrer Schamhaare. Sie schwatzte mit mir, ihr Bein berührte meins. Nichts dabei, zusammen zu baden, dachte sie vielleicht. Auch ich tat, als dächte ich das. Dabei fragte ich mich fieberhaft, ob sie auf ein Zeichen von mir wartete, auf eine Regung. Ich wünschte, dass sie aktiv würde, und hoffte gleichzeitig, dass sie es nicht wurde. Ich hätte nicht gewusst, wie reagieren. Bewegungslos verharrte ich im Wasser. Irgendwann stand Gabrielle auf und stieg aus der Wanne, ohne mich angefasst zu haben. Ich betrachtete ihren Po, der vom Sitzen gerötet war, bis sie nach dem Badetuch griff und alles einwickelte.»

«Glück gehabt.»

«Vermutlich.»

Ich erzähle ihm vom Nachbarn, für den ich als Teenagerin schwärmte. «Er war zehn Jahre älter als ich und hat es natürlich gemerkt. Einmal nahm er mich mit dem Auto mit in die Stadt. Kurz vor dem Ziel begann er zu knutschen. Ich erstarrte. Obwohl ich mir das in meiner Fantasie gewünscht hatte, war mir nicht wohl. Weil ich es mir gewünscht hatte, traute ich mich nicht, Stopp zu sagen. Aber er hat meine Überforderung bemerkt und sofort aufgehört.»

«Ein anständiger Typ.»

«Willst du ein Pfefferminz?» Ich strecke mich nach einer Schachtel, die neben der Gleitcrème auf dem Nachttisch liegt. Samuel streichelt meine Pobacken. Ich stecke ihm ein Bonbon in den Mund und knie mich über seine Lenden. «Vielleicht kribbelt Pfefferminz.»

«Süsse, ich liebe dich.»

Noch einmal Küsse, noch einmal Sex, bis wir träge am Frühstückstisch sitzen. Als er sein Telefon neben sich legt, sehe ich, dass Agnes ihn vier Mal angerufen hat. «Lass uns spazieren gehen», schlägt er vor.

Spitze Vogelstimmen durchdringen das Bachrauschen vor meinem Haus. Dazu kreischt eine Gruppe Kinder, die am Ufer der Bachbiege spielt.

«Wie gut das nach der Hektik und dem Lärm in der Messehalle tut», sagt Samuel. Er greift an seine Gesässtasche. «Sorry, sie versucht seit Stunden, mich zu erreichen.»

Er bleibt mit erschrockenem Gesicht stehen. «Wo bist du jetzt?»

Agnes sei nachts über eine Schwelle gestolpert und hingefallen. Heute Morgen habe sie starke Schmerzen gehabt, sodass Albert sie ins Spital brachte. Dort sei ein Haarriss im Schambein entdeckt worden.

«Ich muss Melanie anrufen», sagt Samuel. «Sie hat zwar wieder einmal Krach mit uns, aber das muss sie wissen.» Er wählt ihre Nummer, stellt auf Lautsprecher.

Sie hebt unwirsch ab. «Ich habe genug von Mamas Dramen. Ruf mich nur noch an, wenn sie ernstlich krank ist.» Sie hängt auf, und ich sehe eine Facette mehr im Familienbild.

«Dumme Kuh. Lässt sich von ihrem Psy einreden, sie sei ein Opfer.»

«Weshalb habt ihr Krach?»

«Melanie wirft mir vor, ich steckte mit Mama unter einer Decke. Gleichzeitig lehnt sie es ab, sich um sie zu kümmern. Alles bleibt an mir hängen.»

Bevor ich sagen kann, dass sich Agnes um sich selbst kümmern kann, sagt er erbost: «Wie kann eine Tochter sich weigern, für die eigene Mutter da zu sein? Ist doch keine Sache, ihr zuzuhören, wenn sie bedrückt ist, oder ihr etwas abzunehmen. Man kann ihre Geschichten überhören, statt sich darüber aufzuregen. In einer kleinen Familie muss man zusammenhalten.»

Ich weiss, dass Samuel damit nicht mich meint. Und doch. «Lass uns ins Spital gehen und nach Agnes schauen», schlage ich vor.

«Nicht nötig, sie wird gut versorgt. Ich besuche sie morgen.»

«Ich sehe doch, dass du dir Sorgen machst. Lass uns hingehen.»

30

Malerisch, wie die Sonne von der Seite aufs Laken des Krankenbetts fällt. Agnes' Gesicht sieht aus, als läge sie für ein Bild hier. Um Samuel den Vortritt zu lassen, bleibe ich am Fussende des Bettes stehen.

Samuel küsst Agnes auf die Stirn. «Ein schönes Zimmer hat Albert organisiert für dich.»

«Ja, und er kommandiert alle herum, als wäre er noch immer Chefarzt.» Sie winkt mit dem Kopf in meine Richtung: «Du bist auch da.»

«Selbstverständlich. Hast du Schmerzen?»

Sie schüttelt den Kopf, deutet auf die Infusion an ihrem Arm und sagt zu Samuel: «Albert lässt mir keine Ruhe. Statt mir die Schlaftabletten zu bringen, die sie mir hier nicht geben wollen, hat er mir eine Bodylotion geschenkt. Damit ich gut rieche. Als hätte ich keine anderen Sorgen!»

Samuel streichelt stumm ihre Hand. Ich werfe ein, dass Albert ihr sicherlich etwas Gutes tun wollte, aber Agnes flüstert Samuel etwas ins Ohr, bevor ich ausgeredet habe. Ich drehe den Kopf in die Sonne, schliesse die Augen. Soll sie doch. Ich bin für Samuel hier.

«Hast du den Ärzten gesagt, dass wir auf Penicillin allergisch reagieren?», höre ich ihn fragen.

«Albert hat es ihnen eingebläut.»

Nach einer Weile des Schweigens vernehme ich: «Schade um die Shootings in zwei Wochen.»

Wie ein Kind, das eine Dummheit begangen hat, sagt Agnes: «Ich kann nichts dafür.»

Das Geplauder von Sohn und Mutter wird von Klopfzeichen unterbrochen. Ich öffne die Augen. Ein Pfleger streckt den Kopf ins Zimmer, Samuel winkt ihn herein. «Kommen Sie, wir gehen.»

Im Flur seufzt Samuel. «Ach, Süsse, ausgerechnet jetzt, wo sie endlich etwas Eigenes hat, passiert so etwas. Hoffentlich wird sie wieder gebucht.» Er umarmt mich. «Danke, dass du mitgekommen bist.»

«Klar bin ich das.»

«Wenn du nicht wärst.»

Schweigend steigen wir die Treppe ins Erdgeschoss hinunter. Das Schlurfen unserer Sandalen legt sich über die Befürchtungen.

31

Noch zehn Minuten bis zur Pause. Ich sammle die Lebensläufe der Schülerinnen und Schüler ein, frage in die Runde, ob sie mir helfen wollen, ein Theaterstück zu schreiben.

Die Ja-Rufe sind lauter als die Nein.

«Was fällt euch zu Liebe ein?»

Ficken

Honeymoon

Sich alles sagen

Ausgehen

Rummachen

Ein Kind machen

Zusammen sein

I love you

Ich warte, ob noch mehr kommt.

Aufgekratztes Schweigen, verlegenes Schweigen, verweigerndes Schweigen.

Trauen sie sich keine eigenen Worte zu oder ist ihre Liebe begriffslos? «Denkt an Mutterliebe. Was fällt euch dazu ein?»

Räum dein Zimmer auf

Ich liebe dich mehr als alles andere

Wenn du einmal Vater bist, wirst du sehen

Ich will das Beste für dich
Hör auf zu fluchen
Ich geh tanzen

Gelächter. «Warum lacht ihr?», frage ich.

«Das sagt eine Mutter sicher nicht», sagt Alexa.

«Warum nicht?»

«Mütter sind abends zu Hause.» Der Pausengong fällt Alexa ins Wort. Die Schülerinnen und Schüler stehen auf, schreien, puffen, rennen einander nach und katapultieren mich in meine Kindheit. Ich war elf oder zwölf und freute mich auf meinen ersten Urlaub ohne Eltern und Bruder. Eine Woche ohne Gezänk. Eine Woche mit Geheimnissen und dem witzigen Sportlehrer. Kurz vor dem Urlaub heulte Mutter vor dem Fernseher. «Ich will die Skiferien nicht allein verbringen», sagte sie. Mein Vater reagierte nicht. Sie tat mir leid, doch meine Vorfreude überwog. Tags darauf verkündete Mutter freudig, dass sie als Helferin mit meiner Klasse mitgehe, der Sportlehrer sei einverstanden. Ich war ausser mir. «Ich will nicht, dass du mitkommst!», schrie ich. «Ich will wie alle anderen ohne Eltern verreisen!» Mutter weinte. Was sagte sie? Ich sei egoistisch? Eine Tochter habe der Mutter nichts zu befehlen? Ich erinnere mich nur an meine Entschlossenheit, die familienfreie Zeit nicht preiszugeben. Doch Mutter liess sich nicht abbringen von ihrem Vorhaben. Also tat ich die ganze Urlaubswoche, als wäre sie Luft. Ich fuhr mit meinen Klassenkameradinnen Ski, spielte abends Karten mit dem Lehrer und vermied jeden Kontakt mit Mutter. Wieder zu Hause war es umgekehrt. Mutter schnitt mich, wenn ich etwas fragte, oder sagte schnippisch: «Jetzt bin ich plötzlich wieder genehm.» Kein Mustermuttersatz. Mustermuttersätze werden von Generationen von Müttern ausgesprochen und von ihnen erwartet.

Ich liebe dich mehr als alles andere.

Wenn du glücklich bist, bin ich es auch.

Du sollst es einmal besser haben als ich.

Kinder meinen, sie müssten Mustermuttersätze glauben. Misstrauen sie ihnen, fühlen sie sich schlecht. Erst später, als Erwachsene, begreifen sie vielleicht: Diese Sätze sind genauso wahr wie ihr Gegensatz. Sie verpflichten zu nichts.

Ich hänge mir die Tasche um und verlasse das Schulzimmer. Weshalb rege ich mich noch immer darüber auf, dass meine Mutter eifersüchtig war auf alles, an dem sie nicht beteiligt war? Warum nehme ich das nicht als menschlich hin, obwohl ich im Unterricht sage, dass auch Mütter Menschen mit Makeln sind?

32

Die Taschen mit den Pflanzen pressen sich bleischwer in unsere Handflächen. Ich stelle Thymian, Basilikum, Zitronenmelisse, Verveine und Pfefferminz und Samuel verschiedenfarbige Hibiskuspflanzen neben eine schattige Parkbank.

«Wie schön es hier ist.»

«Willst du nachher noch ins Spital?»

«Nein, Mama hat dort immer jemanden zum Schwatzen.»

Ich durchquere den Botanischen Garten, um uns etwas zu trinken zu holen. Wie entspannt Samuel ist, seit Agnes im Spital liegt. Er lädt Freunde zu sich nach Hause ein, geht aus und scheint sich weniger um seine Mutter zu kümmern, als wenn sie gesund ist. Meine uneingestandene Befürchtung, er könnte ein Muttersöhnchen sein, war falsch.

Warum heisst es Muttersöhnchen und nicht -sohn? In der Schlange vor dem Getränkestand schaue ich auf der Dudenwebsite nach. «Muttersohn» gibt es nicht. Auch die Muttertochter wird im Nachschlagewerk nicht erwähnt. Dafür gibt es das «Schosskind», aber das ist ein Kind. Als würden sich alle Erwachsenen der Mutter gegenüber frei fühlen.

Hinter den zwei Burschen mit Dutt-Frisur, die am Wegrand Apfelsaft ausschenken, glänzt der Seerosenteich wie von Monet gemalt. Verschwenderisch, der Park und das Wetter heute. Für einmal wollen alle das Gleiche: sich am Frühsommer sattsehen, Blumen einatmen. «Guten Tag.» Die leise Schülerin streckt mir ihre Hand hin.

«Hallo, Samantha.»

Ein indisch aussehender Mann stellt sich als Vater vor. Auch die Mutter streckt mir ihre Hand entgegen. Im Gegensatz zu Samantha und ihrem Mann hat sie einen festen Händedruck und eine kräftige Stimme. Lauter als nötig sagt sie: «Sie haben uns ins Grübeln gebracht mit Ihrer Aufgabe.»

«Lass», beschwört Samantha sie.

Damit es nicht alle um mich herum mitbekommen, sage ich leise: «Samantha hat sie gut gelöst.»

«Aber *Ödipus!* Dafür ist sie zu jung.»

«Samantha hätte auch einen anderen Mythos wählen können. Sisyphos zum Beispiel.»

Die Frau legt der Tochter eine Hand auf die Schulter. «Warum nicht der, Sami?»

«Weil Sisyphos ein Opfer ist», antwortet sie leise.

Ihre Mutter runzelt die Stirn. «Ödipus doch auch.»

«Nein», sagt Samantha auf eine Art, die ich nicht an ihr kenne. «Ödipus verwandelt sich vom adoptierten Jungen in einen König.»

Um die Schülerin aus der Situation zu befreien, deute ich mit dem Kopf auf den Apfelsaft, der mir eingeschenkt wird, und verabschiede mich. Mit je einem Becher in den

Händen spaziere ich zu Samuel zurück. Ich hätte sagen sollen, in Samanthas Parallelklasse sitze ein Junge, der von seinen Eltern in Afghanistan allein auf die Flucht nach Europa geschickt wurde. *Das* sei grausam für ein Kind, nicht die Erzählung darüber.

Eine Unebenheit im Gras bringt mich ins Stolpern. Ich bleibe stehen, bis sich der Saft in den Bechern von der Erschütterung erholt.

Im antiken Griechenland gab es Wahrsagerinnen, ausgesetzte Säuglinge und königähnliche Familienhäupter. Gut möglich, dass die Ödipus-Geschichte einmal Realität war. Bloss erstaunlich, dass wir sie noch immer weitererzählen.

Als ich mich mit vorsichtigen Schritten Samuel nähere, höre ich ihn sagen: «Mama, versprichst du mir, dass du dich nicht einmischst?»

Ich strecke ihm einen Becher entgegen, schaue ihn fragend an.

«Familie. Meine Schwester hat das tausendste Eheproblem, und Mama macht Wind. Mit einer von beiden ist immer Drama.» Verkniffen schaut er aufs Telefon. «Lass uns verreisen. Ich kenne ein traumhaftes Hotel am Meer.»

Sein Zeigefinger wischt hastig. «Da.» Er hält mir ein Foto hin. Ein geräumiges Hotelzimmer mit einem geschwungenen Balkon am Meer. Der Zeigefinger blättert weiter. Auf einem der Fotos lächelt Agnes in einem seidenen Unterkleid in die Kamera, auf dem Doppelbett liegt Samuels Umhängetasche. Der Zeigefinger wischt es schnell weg. Agnes im Gegenlicht des Sonnenuntergangs, Agnes im Restaurant, Agnes in einer Kutsche. «Das war kurz nachdem mich meine letzte Ex verlassen hat», sagt Samuel. «Statt den Urlaub zu stornieren, habe ich Mama mitgenommen.» Stolz ergänzt er: «Sie war der Star des Hotels.»

Um mein Unbehagen zu ignorieren, sage ich: «Wie wär's, wenn wir in die Londoner Wohnung von Sophies Schwiegerfamilie gingen? Da bezahlen wir nur Strom, Wasser und Reinigung. Ich wollte schon lange einmal hin.»

Auf dem Weg zu Samuels Wohnung erzählt er mir, dass Agnes bald in eine Rehabilitationsklinik in den Bergen verlegt wird. «Wegen der langen Zeit im Spitalbett muss sie ihre Muskulatur aufbauen.» Er bleibt stehen, ruft laut: «Hi, Josip!» Ein massiger Mann mit fleckigem T-Shirt geht auf der anderen Strassenseite in sich gekehrt seines Weges. Samuel winkt, ruft noch einmal, doch Josip verschwindet um die Hausecke.

«Josip ist ein alter Freund und mein Ex-Schwager. Wir haben in jungen Jahren in den Clubs gemeinsam gedealt. Die Weiber lagen ihm damals zu Füssen.» Samuel sieht mich eindringlich an. «Bitte erwähne ihn gegenüber Mama nicht.»

«Warum?»

«Sie weiss nicht, dass wir trotz Scheidung von meiner Schwester Freunde geblieben sind.»

«Und dass ihr gedealt habt, weiss sie?»

Samuel grinst. «Habe ich das?»

33

Kaum habe ich zum Lidstrich angesetzt, höre ich im Schloss von Samuels Wohnungstüre einen Schlüssel drehen. Ich will die Türe zum Bad schliessen, um meinen nackten Oberkörper zu verbergen, da öffnet sich die Haustüre schwungvoll, und ein sportlicher Greis mit dunkel gefärbtem Haar tritt ein. Vier Schritte von mir entfernt schaut er mich wort- und bewegungslos an. Ich grüsse verlegen, obwohl ich mich lieber seinem Blick entziehen würde.

«Ich hole Agnes' Kleider. Ich fahre sie heute in die Rehabilitationsklinik», sagt der Mann grusslos und geht in die Küche. Ich höre ihn etwas aus der Porzellanschale nehmen, die neben dem Tantenfoto steht, den Garderobenschrank aufschieben und dann die Treppe in den oberen Stock hochsteigen.

Ich schliesse die Türe zum Badezimmer und schminke mich weiter. Nach einer Weile schlägt die Wohnungstüre zu.

Langsam öffne ich die Türe, äuge in die Küche.

Samuel ist dabei, Brotscheiben in den Toaster zu schieben.

«Hat der sie noch alle?»

Samuel reagiert nicht.

«Er hat sich nicht einmal entschuldigt bei mir», dopple ich nach, um Samuel zu Solidaritätsempörung zu bewegen, doch er entgegnet, Albert habe nicht wissen können, dass ich halb nackt in Agnes' Bad stünde.

«In Agnes' Bad?» Wütend darüber, dass ich hier die Auffällige sein soll, obwohl Samuel sonst kein gutes Haar an Albert lässt, starre ich ihn an.

Er sagt kühl: «Reg dich nicht auf. Er gehört zur Familie.»

Ich gehe hinauf, um mir etwas überzuziehen. Bei mir würde nicht einmal Sophie, ohne zu klingeln, eintreten. Ich bestehe darauf, jederzeit «nein» oder «nicht jetzt» sagen zu dürfen.

Als Teenagerin habe ich sogar meinen Vater weggeschickt, als er kurz nach der Trennung meiner Eltern unangemeldet im Garten stand, wo ich Hausaufgaben machte. «Wie geht's?», hatte er gesagt. Es war das erste Mal, dass er mich fragte, wie es mir gehe. Ich zuckte mit den Schultern, damit er mich möglichst rasch wieder allein liess. Ob er mir einen Eistee zubereiten soll, fragte Vater. Ich wollte keinen Eistee. Ich wollte nichts damit zu tun haben, dass er nach sechzehn Jahren plötzlich Vater sein wollte. Jahrelang hätte ich einen gebraucht. Einen, der mir vorliest. Einen, der mich vor Mutters Angriff auf meine elternfreie Skiurlaubswoche beschützt. Einen, der mitbekommt, wie es mir geht. *Vater, ich will dich töten!* Hätte ich ihn doch mit Jim Morrisons Songzeile angeschrien. Stattdessen sagte ich mit aller Kraft: «Bitte geh, ich muss Hausaufgaben machen», und konnte mich danach auf nichts mehr konzentrieren. Hätte ich doch Tochter sein können, wie Sophie Tochter war. Unbekümmert und gewiss, dass die Eltern ihr Leben frohgemut meistern.

«Toast ist fertig», ruft Samuel.

Ich will die Treppe hinunter, da höre ich wieder die Wohnungstüre aufgehen. Ich lausche.

«Hast *du* Agnes das Schlafmittel ins Spital gebracht?» Albert betont Wort für Wort.

«Ja. Sie gaben ihr dort keines», sagt Samuel im Ton eines getadelten Jungen.

«Mach so etwas nie wieder. In Kombination mit den anderen Medikamenten können die Tabletten tödlich wirken. Ausserdem nimmt sie sie zu oft.»

Was Samuel entgegnet, verstehe ich nicht. Albert schmettert: «Agnes wartet unten. Ich fahre jetzt. Schönen Montag.» Die Wohnungstüre schlägt zu.

«Was bildest du dir ein, wer du bist!», ruft ihm Samuel hinterher.

Also doch nicht alles easy. Ich gehe in die Küche. Samuels Stirn ist zornesgefurcht.

«Ein herrischer Doktor», sage ich versöhnlich.

«Macker. Hat im Ernst das Gefühl, besser als ich zu wissen, was für Mama gut ist.»

«Lass den Idioten. London is calling.»

Meine Turnschuhe schmatzen Nässe, Hosenbeine und Haare triefen. Scheissregen. Zwingt zum Eilen, mich Ducken. Eines Tages wandere ich in ein Land aus, in dem es immer warm ist und der Regen an eine Jahreszeit gebunden.

Im Treppenhaus zu meiner Wohnung hinterlasse ich eine Tropfspur. Pflanzen und Schuhe lasse ich vor der Türe stehen, des Rests entledige ich mich im Bad. Hätte ich doch schon am Sonntag gepackt. Nun muss ich mich beeilen wie in meinem wiederkehrenden Traum. Fieberhaft packe ich darin meinen Koffer. Hetze durch Räume, die ich nicht kenne, suche nach bestimmten Kleidern, finde sie nicht. Die Leute, die sich ebenfalls im Traum tummeln, schwatzen zeitvergessen und laden ruhig ihre Koffer ein, wenn der Bus vorfährt. Ich hingegen klappe ihn im Wissen zu, dass Unterwäsche und Schuhe fehlen, und setze mich in den Bus, von dem ich nicht weiss, wohin er fährt. Ankommen tue ich nie.

34

«Hallo, Mama! Kannst du uns beide sehen? Gut. Wenn du das Kamerasymbol antippst, sehen wir dich auch.»

Agnes sitzt auf einem gelben Sofa, hinter ihr hängt ein Plakat mit dem Aufruf, die Hände immer gut zu waschen. Sie fährt sich mit der Hand durchs Haar. «Nach London würde ich auch gerne wieder einmal. High Tea im *Ritz,* an der Bond Street in die Schaufenster gucken, im *Harrods* Schokolade kosten. Würde Albert bloss nicht zu allem sagen, dort sei er schon gewesen. Wir könnten es so schön haben zusammen. Kleine Reisen, schöne Hotels, Shopping. Warum muss er immer in der Praxis hocken oder Sport treiben?» Sie seufzt. «Habt ihr es schön?»

«Mama, es ist traumhaft hier. Da, wo wir wohnen, gibt es kaum Touristen, dafür einen Strassenmarkt wie in Asien. Dort bezahlt man zehn Pfund für eine Trainingshose, ein Bund Bananen kostet ein Pfund. Auch einen geilen Shop mit Duftkerzen habe ich entdeckt. Die liessen sich im Laden gut verkaufen. Vielleicht kann ich eine Kooperation einfädeln, wenn sich die Zollsache mit Grossbritannien eingespielt hat.»

«Und die Wohnung?»

«Klein, hübsch. Heute Morgen wurden wir von einem

lauten Schnarren im Gärtchen geweckt. Rate mal, was das war.»

Agnes wartet.

«Eine Elster! Schräg, nicht? Man würde eher erwarten, dass man in London von Strassenlärm geweckt wird.»

Ich schwenke die Kamera etwas mehr auf mich. «Es gibt so viel zu sehen. Vorgestern waren wir in einem Theaterstück mit echtem Pool, aus dem Wasser ins Publikum gespritzt ist. Grossartig. Die Story drehte sich um einen schwulen dunkelhäutigen Jungkünstler, der einen älteren weissen Galeristen heiraten möchte. Doch dann taucht seine Mutter auf und tut alles, um die Hochzeit zu vereiteln. War lustig und dramatisch zugleich.»

Agnes schaut gelangweilt. Ich übergebe Samuel die Kamera. «Gestern waren wir an der Regent Street in einem schicken Restaurant, es gab Austern, Champagner, das volle Programm. Als der Kellner den Kaffee brachte, fragte er, ob wir auf Hochzeitsreise seien. Wir schauten uns an und sagten: Ja, Honeymoon. Es fühlt sich wirklich so an. Aber genug von uns. Wie geht es dir? Machst du Fortschritte?»

«Hier ist es schrecklich. Ich muss schon um 7.30 Uhr in die Physiotherapie. Danach tut mir alles weh, und ich bin müde. Aber ausruhen darf ich nicht, spätestens um 8.15 Uhr muss ich frühstücken. In der Cafeteria hat es nur Alte. Sie schwatzen endlos über ihre Enkel. Die wenigen Jungen, die hier aufgepäppelt werden, bleiben unter sich. Diese Kur macht mich krank. Draussen findet das Leben statt, und ich muss turnen und mich mit Leuten abgeben, die sabbern beim Essen.»

«Kopf hoch, lange musst du nicht mehr bleiben, oder?»

«Am Freitag holt mich Albert ab. Ich bleibe keinen Tag länger. Wann kommt ihr zurück?»

«Sonntagabend. Wir haben noch ein paar Flittertage.»

35

Eben bin ich noch wie ein Maulwurf aus U-Bahn-Stationen hochgestiegen. Einmal inmitten von vollverschleierten Frauen, einmal umgeben von Transgender-Aktivisten. Und nun wieder Waldgrün, Amselgesang und mein Text.

Zum Thema Liebe fällt mir heute nur Samuel ein. Vor der Reise waren er und ich ein Paar, das zusammenwächst. Nun sind wir ein Paar, das zusammengehört.

Ankommen
Backsteinhäuschen, begrünter Hinterhof, zwei Zimmer übereinander, Bad und Küche. Der Boden knarrt, der Boiler rauscht.
FRAU und MANN richten sich ein. Zahnbürste neben Zahnbürste, Schminksachen neben Rasierzeug. Sie gehen einkaufen. Frische Bagels, Butter, Lachs, Kaffee und Milch.

Ein Remake. Beim Einräumen meiner Sachen in eine Ferienwohnung komme ich mir jedes Mal vor wie ein Kind, das Familie spielt. Mit meinem ersten Freund war das so, mit Michael, mit Samuel.

Michael reiste am liebsten dorthin, wo seine Sachen schon Plätze hatten. In der Wohnung in den Bergen, die einem seiner Freunde gehört, hatte er sie in fünf Minuten verstaut. Ich hingegen war unsicher, welche Schränke ich öffnen durfte, wo meine Dinge hinsollten. Ich suchte Kleiderbügel, lüftete gegen den feucht-staubigen Geruch an, fand kein Messer, das scharf genug war, um Tomatenhaut zu durchschneiden, und vermisste abends einen bequemen Ort zum Lesen. Michael hatte es mir übel genommen, dass ich mich in der Wohnung des Freundes, wo er gerne Urlaub machte, nicht heimisch fühlte.

Landnahme
MANN und FRAU blicken von der Tower Bridge über die Themse.

MANN	Wir sind hier. Unsere erste gemeinsame Reise, Süsse.

Er greift nach dem Telefon und legt den Arm um die FRAU, um ein Selfie zu machen. Sie fotografiert die Flussufer, obwohl sie fahl aussehen.

MANN	Pass auf deine Tasche auf.

Luftveränderung
In der Tate Modern stellen sich die FRAU und der MANN mit je einem Becher Cappuccino auf einen Balkon und blicken auf den von Birken umsäumten Platz hinab. Dort wirft eine Gruppe Pfadfinder auf dem Boden sitzend Melodiefetzen in die Luft. Hinter ihnen graues Wasser und blaues Glas.

FRAU — Ob man sich in diesem Glaszapfen anders fühlt als in einem Büro bei uns?

MANN — Überall auf der Welt überlegen die Leute den halben Morgen, was sie zu Mittag essen wollen, und den halben Nachmittag, ob der Partner abends Lust auf Sex hat.

Kontinentalverschiebung
Der MANN fotografiert einen Ausstellungsraum, der von unten bis oben voll ist mit Büchern, die in afrikanische Stoffe eingefasst sind.
Die FRAU liest laut, was auf der Tafel geschrieben steht.

Britische Bibliothek. Was allgemein als typisch afrikanischer Stoff gilt, ist die billig produzierte Kopie von indonesischem Batik. Holländer, Kolonialherren in Indonesien, liessen im 19. Jahrhundert in Holland Stoff nach indonesischem Vorbild bedrucken, um ihn in Indonesien billiger als das indonesische Original zu verkaufen. Doch die Indonesier kauften den Stoff

nicht. Dafür setzte er sich auf
afrikanischen Märkten durch.
Seither gilt er als typisch
afrikanisch.

Wie vergesslich Zeit ist, wie verzogen. Wir kurieren uns mit Medikamenten, deren Inhaltsstoffe aus Afrika stammen, und bestehen darauf, dass wir von den Afrikanern damit beliefert werden. Ich kaufte in London eine holländische Brille, deren Bestandteile aus Italien und China stammen, und bin gleichzeitig für einen Handelsboykott von Firmen, die Menschenrechte nicht einhalten.

Den Puls fühlen
MANN und FRAU erklimmen die Treppe der Overground. Auf halber Höhe schlägt sie ein Wettrennen vor. Lachend treppen sie hinauf. Oben angekommen zählen sie laut ihre Pulsschläge.

Immer wieder dachte ich: wie im Film. Und als Nächstes: zum Glück nicht, denn im Film folgt auf Glück eine Wende, und es wird dramatisch.

Ein behändes Eichhörnchen hangelt sich an die Spitze eines Ahornasts und erinnert mich daran, dass im Hinterhof der Londoner Wohnung auch ein Eichhörnchen herumturnte. Es war grösser und grauer. Alles dort ist grösser und grauer als hier.

Könnte ich doch die Ausstellung über künstliche Intelligenz ins Stück einbauen. Zum Beispiel die alte botanische

Tafel, auf der Liliengewächse nach Blütenform, Wurzeln, Fortpflanzungsart, Hüllblättern und Früchten geordnet waren. Als Gegenstück dazu gab es den Bildschirm, auf dem fortwährend Blumenbilder aufpoppten. Die Bilder waren anders geordnet als jene auf der botanischen Tafel: nach Farben, nach Landschaften, nach Werbeformaten. Ob die alte Systematik der Pflanzenbeschreibung eines Tages ersetzt wird durch eine Systematik, die sich an der Masse von Bildern im Internet orientiert? Müssen Schülerinnen und Schüler in Zukunft nicht mehr zwischen Lippenblütlern und Korbblütlern unterscheiden können? Stirbt die Pflanzenfamilie als Denkweise aus? Eine Ausstellungskoje mit tanzenden Wörtern beunruhigte mich ebenfalls. Ich hatte in einen Computer «Meer» eingetippt und zugesehen, womit das Wort verknüpft wurde. Wie ein Softball wurde «Meer» zu «Strand» gespickt, dann zu «Hotel» und zu «Ertrinken». Kein Nebelmeer, kein Meeresgrund, keine Meeresströmung kamen vor. Die Wortfamilie, seit dem Barock massgebend für den Aufbau von Lexika, scheint in der Systematik des Computers so überholt zu sein wie die Menschenfamilie in Zeiten von Scheidung und gesetzlich akzeptiertem Wechselgeschlecht. Aus einem Stamm, auf den alles zurückzuführen war, ist ein gemischt bewirtschaftetes Feld geworden. Mutter eins und zwei, Vater und Vater, biologische Fraumänner, soziale Mannfrauen, Kinder von Samenbanken und Leihkörpern mit leiblichen und sozialen Eltern.

Schon wieder abgeschweift. Diese Mühsal, alles auszublenden, was nichts mit dem Theaterstück zu tun hat.

Meine Unkonzentriertheit lotst mich in die Küche. Ein aus London mitgebrachter Cidre soll meinen Anspruch kühlen, rascher vorwärtszukommen.

Seltsam, plötzlich nicht mehr Tag und Nacht um Samuel zu sein. «Entwöhnung», hat er gesagt, bevor jeder in seine Wohnung gefahren ist, und ich habe gestutzt. Zu lieben bedeutet doch nicht, sich gegenseitig gewöhnlich zu werden. Gewöhnlich ist, Wäsche zu waschen, einen Salat zuzubereiten. Gewöhnliches entschlüpft der Wahrnehmung.

Ich wähle Samuels Nummer und sage, dass ich ihn vermisse.

«Ich dich auch. Komm doch zu mir, ich erwarte Besuch von Agnes und Albert.»

«Heute nicht.» Auf die beiden Alten habe ich keine Lust.

Ich schalte das Radio ein, um mich von Samuels Abwesenheit abzulenken. Eine Sopranistin singt:

Du wirst nicht weinen. Leise, leise
wirst du lächeln und wie zur Reise
geb ich dir Blick und Kuss zurück.
Unsre lieben vier Wände, du hast sie bereitet,
ich habe sie dir zur Welt geweitet;
O Glück!

Vier Wände bereiten – das muss nicht sein. Aber einen Schlüsseltausch werde ich Samuel vorschlagen. Es ist Zeit für mehr Samuel.

36

Heute ertrage ich keine News über kriegsführende Regierungen und Parteien, die nicht Hand bieten für Lösungen, weil sich ungelöste Probleme im Wahlkampf mehr auszahlen als Kompromisse. Ich lege die Zeitung kopfüber auf den Küchentisch und blättere sie von hinten auf.

Da wird ein Roman gelobt, dessen weibliche Hauptfigur die grosse Liebe sucht und «von einem jungen arabischen Liebhaber natürlich schlecht behandelt wird». Spinnt der Journalist? Spinnt die Redaktion, diesen Text zu veröffentlichen?

Auf der Seite gegenüber bekommt ein Actionfilm mit langer Vergewaltigungsszene vier Sterne. Kein Wort darüber, dass jede Vergewaltigung zu Unterhaltungszwecken die Erzählung von der Macht der Männer und der Ohnmacht der Frauen festigt. Ich werfe die Zeitung ins Altpapier.

Wie kann es sein, dass Diskussionen über Sexismus und Rassismus wirkungslos an Leuten vorbeiziehen, die die Aufgabe hätten, kulturelle und gesellschaftliche Entwicklungen zu reflektieren? Dem 13-jährigen Schüler verüble ich es nicht, dass er seinen Aufsatz mit Action in Form einer Vergewaltigungsszene aufpeppen wollte.

«Und dann schlug er sie und fesselte sie und vergewaltigte sie», schrieb er und imitierte damit, was in Hollywood täglich getan wird, um Sterne zu kassieren. Ein erwachsener Mann mit Universitätsabschluss sollte hingegen begreifen, dass Gewalt keine Unterhaltung ist.

Am Schreibtisch denke ich mich in Rage. Statt dass Lehrerinnen und Lehrer ihren Schützlingen untaugliche Schreibregeln wie «ein Text besteht aus Anfang, Mittelteil und Schluss» vermitteln, sollten sie mit den Schülerinnen und Schülern lieber Stereotype in Text und Bild analysieren und mit ihnen nach Strategien suchen, diese zu vermeiden.

Schriebe ich ein Stück über Gewalt, der Angreifer wirkte jämmerlich. Pervertierte Männlichkeit denunzierte sich selbst.

Er versucht, sein schlaffes Glied aus der Hose zu ziehen und gleichzeitig die Person festzuhalten, die nach ihm tritt.
Er hebelt verzweifelt an sich herum.
Die Person trifft mit dem Knie seine Eier, schreit.

PERSON Bist jetzt Mamas Starker?
Zeig deinen Eltern, wie gross du geworden bist!

Ich lösche den Versuch. Alles, was ich jemandem in dieser Situation in den Mund lege, ist falsch, denn ich weiss nicht, wie es ist.

Diese Irrwege immer wieder. Diese Zweifel am Tun.

«Ich habe meine Zweifel lange Zeit zu ernst genommen», sagt Samuel, als ich ihn anrufe. «Zweifel führten mich von der Grafik zum Bier, von MDMA zu Hanf und schliesslich zu den Möbeln. Jetzt bezweifle ich, dass der Standort des Ladens richtig ist, dass mein Sortiment breit genug ist, und so weiter. Früher dachte ich, irgendwann verstummen die Zweifel. Jetzt schiebe ich sie einfach weg. Kann ich empfehlen.»

«Aber Zweifel sind Antrieb für Verbesserungen.»

«Lass sie beiseite. Entweder machen sie Platz für bessere Ideen oder für andere Zweifel.»

«Ich probier's. Kommst du heute zum Abendessen?»

«Geht nicht, ich muss Mama mit Bürokram helfen und mich um diesen Scheiss hier kümmern.»

Ich höre Papier rascheln. «Eine Versicherungsgesellschaft geht es doch nichts an, wie viele Sexualpartner ich hatte!», zetert er in den Hörer. «Und die Krankheitsgeschichte meiner Familie ebenso wenig.»

Ich erinnere mich, dass er in London davon sprach, eine Tagegeldversicherung abschliessen zu wollen. «Die Versicherung berechnet erbliche Risiken und projiziert deine Lebensweise auf die Zukunft», antworte ich.

«Versicherungsheinis sind schlimmer als Kartenleger! Es hat doch nichts mit mir zu tun, dass mein Vater unter Depressionen litt! Ich bin keiner, der zum Psy rennt. Führt eh zu nix.»

«Psychologen können sehr hilfreich sein», wende ich ein, doch das macht ihn noch wütender.

«Melanie macht alles schlecht, seit sie in Therapie ist.

Ich bin schuld, dass sie von Mama zu wenig beachtet wird, ihr Vater ist schuld, dass sie ihrem zweiten Ehemann nach einem Flirt mit einer anderen einen Aschenbecher über den Schädel zog, Mama ist schuld daran, dass ihre Ehen nicht hielten. Und dann dieser Spruch: ‹In meinem Leben geht es um mich.›»

«Samuel, niemand kann dich verpflichten, über die Krankheiten in deiner Familie Bescheid zu wissen.»

«Süsse, was würde ich ohne dich machen.»

37

Allein aufzustehen hat Vorteile. Ich komme zeitig aus dem Bett und kann Radio hören. Ohne den Beitrag über die Wissenschaftlerinnen, die sich für die Förderung von Mädchen einsetzen, wäre mir die Aufgabe für die nächste Lektion nicht eingefallen: Die Schülerinnen und Schüler sollen sich in eine einflussreiche Frau versetzen und als diese Person einen Kurzvortrag halten. Voraussichtlich schlagen sie Influencerinnen, Bitcoinmillionärinnen und Fussballerinnen vor. Ich biete ihnen Marie Curie, Emmanuelle Charpentier und Greta Thunberg an.

«Eileen Gray könnte auch begeistern», sagt Samuel, als ich ihm am Telefon von meiner Vorbereitung erzähle. Ich glaube zwar nicht, dass das Design der Moderne bei 15-Jährigen auf Interesse stösst, aber ich kann mich täuschen.

«Kommst du abends zu mir? Mama hat Krach mit Albert und übernachtet hier», sagt er.

«Mir steht der Sinn nach einem Tête-à-Tête ohne Agnes.»

«Klare Ansage.»

Er scheint eingeschnappt zu sein. Ich bin es auch. Seit wir aus London zurück sind, gibt es keine Zeit mehr für Zweisamkeit.

«Versteh doch, Mama hat keine Freunde, und Melanie … Ich darf sie nicht auch noch im Stich lassen. Ist nur für eine Nacht.»

Ich gehe in die Küche, um mich mit einem Keks zu besänftigen. Reg dich nicht auf, sage ich zur mir und wundere mich, dass ich mich aufrege. Ich stecke mir noch einen Keks in den Mund. Vielleicht hat Sophie abends Zeit für einen Drink.

38

«Liebe Carla, heute Abend gehört der Familie. Bis bald, herzlich Sophie.»

Mir fallen eine Handvoll Menschen ein, die ich gerne wieder einmal treffen würde. Svenja, die ich vor zehn Jahren bei einer Vernissage kennengelernt habe, und Magnus, mein Kinogefährte, bevor er Grossvater wurde. John, der ehemalige Nachbar, und Emilia von der Theaterhochschule habe ich auch lange nicht mehr gesehen. Ich schreibe ihr eine Nachricht.

Svenja lädt jede Woche Leute zu sich ein, Paare und Einzelne, immer wieder in anderen Kombinationen. Sie geht zu Vernissagen und Lesungen, wandert mit Freunden und ist neben ihrem Beruf als Ärztin auch noch eine ernst zu nehmende Künstlerin. Wie schafft sie das? Auch Magnus und seine Frau haben Bekannte auf der ganzen Welt, Emilia kennt dank ihres Kulturschuppens jeden in ihrem Dorf und liest trotzdem viel.

Weshalb gelingt es mir nicht wie ihnen, ein reiches gesellschaftliches Leben zu führen? Die müssen doch auch Geld verdienen, Leidenschaften ausleben und Beziehungen meistern. Auch ihr Tag hat 24 Stunden.

Nach der Schule bin ich meist übersättigt von Stimmen, Gesichtern und Situationen, die kein Abschweifen erlauben. Alles ist jetzt. Einmal kotzt einer, einmal weint eine. Da sind Streit und Gezänk, das Buhlen um Aufmerksamkeit und gute Noten. Wäre ich unaufmerksam, die Klassen kämen nicht zur Ruhe und nicht zum Lernen. Doch auch an Orten, an denen ich einzig mit mir sein will, besetzen Schülerinnen und Schüler meine Gedanken. «Diese Geschichte wäre etwas für die Klasse», «Dieser Filmausschnitt könnte sie packen», denkt es dann. Bis ich mich befreit habe von allem Zweckgebundenen, dauert es Stunden, die ich allein sein muss. Bin ich endlich eingetaucht bin in die Schreibwelt, will ich allein sein. Gespräche würden stören, Aussenreize ablenken. Und so fehlt die Zeit für gemeinsame Unternehmungen mit Freundinnen, und wir werden uns fremd. Ich sass schon mit Emilia bei Sushi und Sätzen, die nirgends hinführten.

Die Miete des Kulturschuppens geht rauf.

Das Publikum im Dorf mag Schwänke.

Mit einer Klasse lese ich Mythen.

Nehmen wir noch einen Dreier Weissen?

Früher, als ich weniger unterrichten musste, besuchten Emilia und ich gemeinsam Konzerte, Aufführungen, unternahmen Ausflüge zu Ausstellungen. Ein Wort gab das andere. Nun sondere ich mich ab, bin eine schlechte Freundin, damit ich genug Kraft habe für meinen Job. Ich hasse diese Entscheidung, sie erscheint mir falsch. Aber. Die Schülerinnen und Schüler haben das Anrecht auf gute Nerven und Vorbereitung, und ich muss schreiben können, sonst gehe ich ein. Also opfere ich, was das

Wichtigste ist, wenn mensch nicht in einer Sippe lebt: Freundschaften.

Warum bloss bin ich ein Ganz-oder-gar-nicht-Mensch?

Emilia antwortet: «Schön, von dir zu hören. Zurzeit bin ich mit Freunden in Italien, aber danach gerne!»

39

Die Wohnungstüre steht einen Spaltbreit offen, drinnen ruft es: «Komm herein, ich bin in der Küche.»

Ein faulig süsser Geruch strömt aus der Türe rechts vom Eingang, die ich zum ersten Mal offen sehe. Ein goldenes Bett mit Bergen von Kissen in weissen Spitzenüberzügen steht darin.

Samuel eilt herbei, schliesst die Türe des Zimmers und umarmt mich. «Habe ich dich vermisst», sagt er. Er greift mir unter den Rock, während wir uns küssen. Ich presse mich an ihn. «Ein Glas Cava?», fragt er.

«Gerne.» Ich streife die Schuhe ab und will sie in den Garderobenschrank räumen, doch der ist voll mit Agnes' Schuhen.

Als ich Samuel in die Küche folge, sehe ich, dass neben dem Tantenfoto drei gerahmte Werbeseiten mit Agnes als Modell aufgestellt sind. Samuel entkorkt den Cava. «Sind gut, nicht?»

Ich nicke mein Befremden weg.

Wir setzen uns auf den Balkon, wo ein neuer Rosenstock am Boden steht. «Den hat Mama von der Agentur ins Spital geschickt bekommen», sagt Samuel, als ich versuche, mich zu setzen, ohne die Dornen zu streifen.

Um etwas Passendes zu tun, schnuppere ich an den

Blüten. Kein Wort jetzt. Es ist Samuels Zuhause. Es geht mich nichts an, was hier herumsteht.

Samuel erhebt sich, um in der Küche etwas zum Knabbern zu holen. Dabei stösst er mit dem Fuss heftig gegen den Rosenstock. «Scheissstock!!» Tränen schiessen in seine Augen. «Mein Fuss!»

Ich quetsche mich an den Rosen und Samuel vorbei in die Küche, um im Gefrierschrank nach Eis zu suchen. «Es ist der kleine Zeh», sagt er, als ich mit einem Coolpack zu ihm trete. «Bestimmt ist er gebrochen.»

Ich kann keine Veränderung am Zeh erkennen. «Hast du Schmerzmittel?»

«Im unteren Bad.»

Beim Öffnen des Spiegelschranks fällt ein Tiegel von Agnes hinunter und hinterlässt einen Hick im Waschbecken. «Scheisszeugs überall», entfährt es mir. Mit einem Glas Wasser und den Tabletten gehe ich zu Samuel, der dabei ist, seinen Zeh zu fotografieren.

Ich reisse mich zusammen. Samuel kann nichts dafür, dass mein Vater bei der kleinsten Unpässlichkeit den Bedürftigen gab, um einen Grund zu haben für seine Teilnahmslosigkeit. Ich streichle Samuels Bein und schaue zwischen den Balkonstäben in den Hof, wo Jugendliche um ein Mofa herumstehen.

Samuels Telefon klingelt. «Miles», sagt er zu mir und hebt ab. «Ich sage dir, mein kleiner Zeh hängt herunter und schillert in allen Farben», sagt er ins Telefon. «Mal sehen, ob wir am Samstag zu deiner Party kommen können.»

Ich lache laut. «Nur nicht übertreiben!»

Samuel stützt sich auf dem Weg ins Schlafzimmer hinauf auf meiner Schulter ab. An Kissen gelehnt, schaltet er einen Film über Beate Uhse ein. Obwohl sie Pilotin war und nach Kriegsende Kondome verkaufte, um es den Frauen zu ermöglichen, Sex zu haben, ohne schwanger zu werden, wird sie am Fernseher als Biederfrau dargestellt. «Schrecklich betulich, dieser Film», sagt Samuel. Ich lege meine Hand auf seinen Penis.

«Todlangweilig», sagt er, während er seine Hand zu meinem Venushügel ausstreckt. Mit seinem Mittelfinger legt er die Klitoris frei. Sein Penis zuckt. Um keinesfalls Samuels schmerzenden Zeh zu berühren, bleiben wir sitzen.

40

In der Klasse wuseln Körper und Stimmen. Nur Ava sitzt still am Pult. Sie sei am Tag zuvor umgezogen, sagt sie. Mich an meine eigenen Umzüge erinnernd, bemerke ich, es sei schrecklich, sein Zuhause niederzureissen. Ava schüttelt den Kopf. Die Wohnung bleibe. Sie sei zu ihrem Vater gezogen.

Nun verstehe ich, warum ich sie vor Kurzem sagen hörte, sie sei «Daddy's Girl». Sie musste sich entscheiden, ob ihre Lieblingsschuhe im Schrank von Vater oder in dem von Mutter stehen. Womöglich ringen beide um ihre Gunst. Oder um ihr schlechtes Gewissen. Ava tut mir leid.

«Wir fangen an!», rufe ich in die Klasse und stelle meine Aufgabe vor. Wie erwartet, weiss keiner in der Klasse, dass Emmanuelle Charpentier eine Biochemikerin und Nobelpreisträgerin ist. Wie erwartet, haben einige nicht zugehört. «Sucht Informationen über die Personen, die euch interessieren», fordere ich sie ein zweites Mal auf.

Die einen recherchieren mit dem Mobiltelefon, die anderen greifen nach Lexika, wieder andere beginnen zu schwatzen. Ich setze mich ans Lehrerpult, um die Lebensläufe und Bewerbungsbriefe einer anderen Klasse zu lesen. Ihre Rechtschreibung ist ein Graus. Ich kann nicht verstehen, dass sich der Hauptlehrer der Klasse nicht die

Mühe nimmt, korrektes Schreiben zu unterrichten. Weiss er nicht, dass weder Universitäten noch Unternehmen phonetisches Schreiben akzeptieren? Merkt er nicht, dass er mit seinem Versäumnis den Erfolg der Jugendlichen im Berufsleben schmälert? Ein Handwerker muss einen Rapport schreiben können, ein Bankangestellter kann mit fehlerhaften Sätzen kein Kundenvertrauen aufbauen. Nicht einmal KI-Programme sind fähig, irgendwie geschriebene Mundart in einen verständlichen Text umzuwandeln.

Inhaltlich sind die Schülerinnen und Schüler meinem Rat gefolgt, ihre Unsicherheit und Zweifel hinter soliden Sätzen zu verstecken.

In meiner freie zeit geime ich gärn.

Ich hälfe Muter mit deutsch.

zeichnen ist mein liblingsfach.

Wie klar das Leben ist, wenn man alles weglässt, was einen nachdenken und aufbegehren lässt. Die Autorin in mir schüttelt den Kopf über mich als Lehrerin. Wie kannst du die Schüler auf Hauptsätze mit Leistungsausweis trimmen, sagt sie. Die Lehrerin entgegnet: Arbeitgeber mögen Noten, Leistungswillen und Prägnanz. Und ich möchte, dass die Jugendlichen eines Tages den Beruf ausüben können, der ihnen zusagt.

Ich lege die Bewerbungsbriefe weg, gehe von Schülerin zu Schüler, um zu sehen, wo sie stehen. Einer fragt leise: «Sie, wer ist der Gründer von Tesla?»

«Seine Mutter. Tesla war ein kroatisch-serbischer Physiker und Elektroingenieur.»

Der Junge lacht ungläubig.

«Im Ernst. Schau nach.»

Ava hat den Kopf aufs Pult gelegt. Ich gönne ihr den schläfrigen Moment und hoffe, dass ihre Müdigkeit abbaubar ist. Vielleicht harmonieren die Eltern, beruhige ich mich. Vielleicht sieht sie das, was sie zum Thema «Ziele» geschrieben hat, lockerer als ich: «Meine Mutter möchte, dass ich mich für gute Noten einsetze. Mein Vater möchte, dass ich einen Mann heirate, mit dem er sich super versteht.»

Der Gong läutet das Laute ein. «Adieu, Frau Charpentier», rufen mir ein paar Schüler zu. Ich lache, rufe «Auf Wiedersehen, Herr Tesla» zurück. Für solche Sätze liebe ich das Unterrichten. Solange sie zu mir fliegen, bin ich im Spiel. Solange ich im Spiel bin, lernen sie.

Bevor ich mich aufs Rad schwinge, wähle ich Samuels Nummer.

«Nach dem Unterrichten klingst du immer freudig.»

«Na ja, wenn ich mir anhören muss, ‹Sie, wir sind nicht Ihre Sklaven. Wir wollen jetzt schwatzen›, ist Unterrichten ein Krampf. Wie geht's dem Zeh?»

«Der Arzt hat mir Schmerzmittel und eine steife Schuheinlage verschrieben, mit der ich jetzt herumhumple. Morgen sollte ich wieder arbeiten können.»

Ich höre eine Stimme im Hintergrund. «Du hast Besuch?»

«Mama hat Sushi gebracht.»

Nicht schon wieder Agnes. Was ist mit der Frau los, seit wir aus London zurück sind? Um nicht zu sagen, ich hoffte, sie sei weg, bis ich bei ihm ankäme, sage ich: «Wir haben doch vereinbart, dass ich nach der Schule vorbeikomme und für uns koche. Ich habe über Mittag extra eingekauft.»

«Hey, Süsse, ich war am Verhungern.»

In der Hoffnung, dass Agnes weg ist, stosse ich zwei Stunden später Samuels Wohnungstüre auf. Ein zweistimmiges «Hallo» ist die Realität.

«Wie schön, dich zu sehen», sagt Agnes.

«Setz dich zu uns», sagt Samuel.

Ich grüsse und setze mich an den Tisch, an dem fortgesetzt wird, was ich unterbrochen habe.

«Alberts Nachbarin spritzt ihre Rosen regelmässig», sagt Agnes zu Samuel.

«Ich dünge sie ab und zu», antwortet er und beugt sich vor, um meine Hand zu streicheln.

Agnes schwatzt weiter. Die Rosen, Albert, die Physiotherapeutin. Samuel fängt Worte auf, spielt sie zurück. Die Rosen, Albert, sein Zeh. Ich schweige.

Nach einer Weile fragt Samuel, ob einer der Schüler Eileen Gray gewählt habe. Ich will vom Tag erzählen, doch Agnes versteht Eileen Gray als Stichwort, um von ihrem dritten Ehemann zu reden.

Anders als auf dem Pausenhof fliegen hier die Bälle an mir vorbei. Die beiden sind in einer Mannschaft und vergeben keinen Satz. Ich erhebe mich und beginne mit dem Rücken zu ihnen das mitgebrachte Gemüse zu rüsten.

Die beiden reden ungerührt weiter. Ich setze Wasser auf. «Ich habe leider nur für zwei eingekauft», sage ich beim Aufschneiden von zwei Päckchen Glasnudeln Richtung Tisch.

«Kein Problem, ich muss eh langsam los», sagt Agnes.

Endlich. Ich höre Porzellan an Porzellan. Schranktüre auf, Schranktüre zu.

«Tschüss, Carla.»

Ich drehe mich um, lächle. Agnes wendet sich Samuel zu, küsst ihn auf den Mund.

Als sie weg ist, fragt Samuel trocken: «Was soll das?»

«Ja, was soll das? Ist die jetzt immer hier?» Die Gemüsestücke brodeln in der Brühe.

«Süsse, es hat sich so ergeben.»

Ich lege Glasnudeln in die Brühe, halte mit aller Kraft zurück, was aus mir heraus möchte. Kontrolliert schöpfe ich die Nudelsuppe in zwei Teller.

Samuel isst zwei Bissen. Ich schlürfe Suppe, schiebe mir mit Stäbchen Pilze und Nudeln in den Mund. Die Hitze im Magen besänftigt, aber in meinen Gedärmen rumort es. Wäre ich doch zu Hause geblieben und hätte mir einen gemütlichen Abend mit einem Buch gemacht. Die Reste von Samuels Teller schütte ich ins Klo, das Geschirr räume ich in den Spüler.

«Ich lege mich hier unten hin, damit ich nicht die Treppe hinauf muss», sagt Samuel.

Zu meiner Verwunderung humpelt er nicht zum Sofa im Wohnzimmer, sondern zum goldenen Bett.

Ich mache Kaffee, bringe ihn zu ihm. Samuel, der auf

dem Doppelbett der Mutter liegt, streckt den Arm in meine Richtung. «Leg dich zu mir.»

Die Spitzenkissen und der süssliche Geruch halten mich davon ab. Dann gebe ich mir einen Schubs und setze mich auf die Bettkante.

«Mach es dir gemütlich.»

Ich lege mich hin, stehe sofort wieder auf.

«Süsse, ist doch nichts dabei.» Samuel streichelt meinen Arm.

Ich hadere. Schliesslich beuge ich mich zu ihm, um mich zu verabschieden.

41

Raus aus der Bett-Szene, weg vom missratenen Tête-à-Tête. Mit einem Lavendeltee und dem Buch mit alten Theatertexten setze ich mich zu Hause aufs Sofa. Die Seiten öffnen sich, als wollten sie eine Einladung aussprechen. Ich lese:

SEHER	*Du hast zwar Augen und siehst doch nicht, wie tief du steckst im Übel,* *nicht wo du wohnst, und nicht, mit wem du hausest.* *Ahnungslos bis du ein Feind den Deinigen.*

Laut unterbricht mich eine SMS. *Liebe Carla, es ist immer eine Freude, dich zu sehen! Ich wünsche euch einen schönen Abend, herzlich Agnes.*

Ich lege das Telefon weg. Wenn das so weitergeht. Wenn die uns belagert und Samuel nichts dagegen tut. Der Gedanke tut weh. Mutlosigkeit gehört nicht zu den Eigenschaften, die ich an Partnern schätze.

Ich lese Agnes' Nachricht noch einmal, setze zu einer Antwort an. Ich formuliere, lösche, formuliere: *Liebe*

Agnes, danke für deine nette Nachricht. Lass uns doch das nächste Treffen planen. Ich würde dich gerne einmal bei dir zu Hause besuchen. Für mich ist es seltsam, wenn ich mit Samuel ein Date habe und du bist dabei. Herzlich Carla.

Ich lese die Nachricht noch einmal durch. Soll ich? Ich rufe Sophie an, lese ihr den Text vor.

«Freundlich und klar», sagt sie.

Ich drücke den Sendeknopf und greife wieder zum Buch.

42

Als ich zum Laden fahre, um Samuel für Miles' Party abzuholen, ist er im Lager. Dafür sitzt Agnes im Eames-Sessel und starrt auf ihr Telefon. Ich gehe zu ihr, um sie wie immer mit Wangenküssen zu begrüssen, doch sie streckt den Arm gerade von sich.

«Geht es dir nicht gut?», frage ich.

«Meine Augen werden schwächer. Ich kann das Telefon nicht mehr lange benutzen.»

Um Fassung ringend drehe ich mich Richtung Türe, wo ich Samuel höre. Während er die Kasse abschliesst und aufräumt, blättere ich in einer Einrichtungszeitschrift. Agnes flüstert Samuel etwas zu und küsst ihn zum Abschied wieder auf den Mund.

«Was ist los mit Agnes?», frage ich auf dem Weg zu Miles.

«Nichts, warum fragst du?»

Ich erzähle Samuel von der verweigerten Begrüssung.

«O nein! Ich hätte im Laden sein sollen, als du kamst. Mama ist furchtbar launisch. Sie verscherzt es sich mit allen.» Er umarmt mich.

«Rede mit ihr. Ich bin deine Partnerin.»

«Reden bringt nichts. Nimm es dir nicht zu Herzen.»

Da ich mir den Partyabend bei Miles nicht verderben will, lasse ich das Thema fallen.

«Hi! Wie geht's dem abfallenden Zeh?» Miles klopft Samuel mit der flachen Hand auf die Schulter. Zu mir sagt er: «Keine Angst, er stirbt nicht gleich, auch wenn er so tut.»

Samuel humpelt zu einem Stuhl unter dem Zwetschgenbaum, wo er den Fuss auf einen Harass legt. Ich hole mir eine Mate-Limonade aus dem Eiskübel vor dem Haus.

«Schön, dich zu sehen», sagt Eva und sieht dabei aus, als meinte sie es ernst. Also bleibe ich stehen und frage, ob sie Ferienpläne habe.

«Eine Kindergeschichte schreiben», sagt sie.

«Was willst du erzählen?»

Wie sich ein Kind im Mutterbauch entwickle, rausgepresst werde und sich die Welt ertaste, sagt Eva. Ihr schwebe vor, aus Sicht des Säuglings zu schreiben, auch wenn sie keine Ahnung habe, ob das funktioniere. «Ich wünsche mir, für ein paar Wochen in die Welt der Wahrnehmung und Wunder zu reisen. Findest du das naiv?»

Naiv. Ich kann nichts mit dieser Kategorie anfangen. Für mich zählen Neugierde, Ausprobieren, Worte suchen und dann lesen, ob das, was geschrieben steht, stimmig ist. «Brems dich nicht aus», sage ich, «und mach's.»

«Aber wie beginnen?»

«Das Anfangen an sich ist wichtig, nicht der erste Satz. Den kannst du ändern.»

«Aufs Tun!» Eva hebt ihre Mate-Flasche und fragt, ob es schwierig sei, über die Liebe zu schreiben.

«Über das Gelingen schon. Dramatische Szenen sind einfacher.»

Eva lacht. «Davon gibt es genug. Du musst sie bloss pflücken.»

Ich weiss nicht, worauf sie anspielt. Liest sie Shakespeare oder erzählen ihr Patientinnen von ihren Beziehungen?

«Shakespeare und Co sind lange her. Aber ich weiss von Frauen, die kein Drama auslassen», sagt sie und schaut in Samuels Richtung. Ich fühle mich versucht, ihr von der Szene in seinem Laden zu erzählen, aber ich lasse es sein. Die Szene hat noch keine erzählbare Form, und Samuel beobachtet Eva und mich seit dem ersten Satz.

Später sagt er zu mir: «Es freut mich, dass du dich mit Eva gut verstehst.»

Ich bin nicht sicher, ob er meint, was er sagt. Bisher hatte ich nicht den Eindruck, dass er Eva mag.

Bei Samuel zu Hause stelle ich mich müde an die Küchenspüle und lasse mir ein Glas Wasser einlaufen. Mit Blick auf die Fotos auf dem Sideboard sage ich: «Markierungen.»

Samuel schaut mich fragend an. «Die Werbefotos», sage ich. «Deine Mutter hat sie aufgestellt, nicht wahr?»

Samuel öffnet den Kühlschrank, um ein Bier herauszunehmen. «Auch eines?»

Ich schüttle den Kopf. «Wie lange hast du mit Agnes zusammengewohnt?»

«Was soll das? Ist das ein Verhör?», sagt Samuel eisig.

«Nein, ich möchte verstehen, warum sie sich hier breitmacht.»

Er lässt sich Zeit mit Antworten. «Etwa zwei Jahre. Wie gesagt, sie war krank.»

«Wann ist sie zu Albert gezogen?»

«Vor einem Jahr.» Samuel stellt die Bierflasche hart auf die Küchenzeile. «Honey, ich weiss nicht, was du hast.»

«Seit wir von London zurück sind, fühle ich mich hier wie ein Eindringling.»

«Kein Drama, bitte. Mama ist Mama, mit uns hat sie nichts zu tun.»

«Doch, hat sie, wenn sie hier ein und aus geht und mich nicht mehr grüsst. Lass uns mit ihr reden.» Eigentlich wollte ich «Rede mit ihr» sagen.

43

Die Äste des Waldes wippen, als würde an den nassen Fäden zwischen ihnen gezogen. Einige Blätter legen sich erschöpft zu Boden. Wie Samuel. Sonntags klingelte sein Telefon im Halbstundentakt. Erst blieb er standhaft und liess die Anrufe verklingen, obwohl sein Gesicht mit jedem Mal fahler, sein Körper schlaffer wurde. Schliesslich gab er nach. Trotz ärgerlicher Miene war sein Ton liebevoll, als er sagte: «Wir schauen eine Serie», dann fielen seine Wangen ein. «Mama, ich kann Albert nicht sagen, was er tun soll.» Schweigen, danach: «Mama, das ist doch nicht schlimm. Mach deine Kräftigungsübungen oder schau fern, während er joggt, das dauert nicht ewig.» Dann hielt er das Telefon etwas vom Ohr weg.

«Ach, Süsse. Könnte sie doch glücklich sein.» Samuel kommt mir vor wie ein Schauspieler, der dem Souffleur nachredet und dabei nicht merkt, dass der Souffleur die Rollen vertauscht hat. «Nichts nämlich möcht ich tun, was dir nicht lieb ist» ist der Satz der Mutter, nicht der des Sohnes.

Ich mag Eingeflüstertes nicht. Lieber lausche ich dem Regen, der ans Fenster klopft. Geduld, Carla, Geduld, klopft er. Samuel kann nicht von einem Tag auf den anderen vom Skript abweichen, das braucht Zeit.

Warum soll immer ich die Verständnisvolle sein. Ich möchte auch einmal toben, fordern, Türen zuschlagen.

Die Tropfen am Fenster werden zu Flecken, die Flecken zu Schlieren. Eine Form führt in die nächste, wie ein Satz zum nächsten führt. Tobe ich, gibt es Streit, und auf Streit folgt die Frage: «Und jetzt?» mit einer Angst. Keine Angst ist schlimmer. Sie krümmt mich bis zu Kindersätzen.

Ohne dich bin ich verloren.

Allein schaffe ich es nicht.

Ich will nicht einsam sein.

Weg mit den Kindersätzen. Ich kann schreiben, was mich bewegt, und mitteilen, was ich möchte.

Liebe Agnes,
als wir uns am Samstag in Samuels Laden getroffen haben, hast du meine Begrüssung ohne Begründung abgewehrt. Bist du dir bewusst, in welch schwierige Situation du deinen Sohn damit gebracht hast?

Versetz dich in seine Lage: Er möchte ein guter Sohn sein. Zugleich möchte er sein Leben mit mir teilen. Bis vor Kurzem war beides problemlos möglich. Doch nun lehnst du mich ab. Was soll Samuel da tun?

Ich bin mir sicher, dass du deinen Sohn glücklich sehen möchtest. Und wir möchten, dass du glücklich bist. Aus diesem Wunsch heraus laden wir dich zum Gespräch ein.

Ich schaue auf die Wasserschlieren. Ohne das Einverständnis von Samuel bringt der Brief nichts. Also den Entwurf mit der Frage: «Was hältst du davon?» verschicken und warten.

Ich stecke mir drei Kaugummis in den Mund. Das Kauen lenkt meine Unrast in den Kiefer, der Pfefferminzgeschmack betäubt die Nerven.

Wird Agnes reagieren wie meine Mutter vor 25 Jahren?

Damals rief mein Freund sie an, um zu fragen, warum sie mich nach jedem Wochenende mit ihm in der WG piesacke. Danach hörten die sonnabendlichen Sticheleien der Mutter auf, und mein Freund und ich blieben elf Jahre zusammen.

Ich stecke einen weiteren Kaugummi in den Mund.

Was, wenn Agnes weitermacht?

Die Zähne beissen, der Kaugummi bricht, die Zähne kauen.

Was, wenn Samuel nicht einverstanden ist mit dem Brief?

Kaugummi weg, drei neue Dragees in den Mund. Er ist trocken von der Pfefferminze.

Das Schellen des Telefons holt ein panisches «Ja?» aus mir heraus.

«Süsse.» Samuel weint.

«Was ist?», frage ich mit zerschlagenem Atem.

«Es ist ein guter Brief.» Schluchzen. «Aber er wird nichts ändern.»

«Es muss sich etwas ändern, Samuel. Ich leide, du leidest. Das soll nicht sein.»

«Nein, das soll es nicht. Danke, Süsse. Danke.»

Ich stecke den Brief in einen Umschlag. Beim Adressieren merke ich, dass ich nicht weiss, wo Agnes wohnt. Im elektronischen Verzeichnis ist sie an Samuels Adresse registriert, aber Alberts Adresse finde ich auch. Das *Prof. Dr.* der Anrede schreibe ich entgegen meiner Gewohnheit zur Adresse hinzu. Ich will niemanden verärgern.

44

Der Briefkasten ist leer. Seit einer Woche null Reaktion. Und Samuel begnügt sich mit der Feststellung, er habe es vorausgesagt.

Zurück in der Wohnung klappe ich Sophokles' Theatertexte auf und drücke kräftig auf den Einschaltknopf des Computers.

Unruhe lässt mich wieder aufstehen, in die Küche gehen, den Wasserkocher einschalten. Arbeiten jetzt, denken. Ich starre auf den Wasserkocher, der langsam aufbraust. Ein Mann und eine Frau. Sie sehen sich seit 53 Jahren jeden Tag. Sie sprechen, sie sprechen nichts aus.

Das Wasser brodelt. Ich schütte es über einen Beutel «Gute-Laune-Tee».

Wie stellt man fünfzig Jahre Verschweigen dar? Sophokles macht es so:

IOKASTE	Ein grosser Lichtblick ist dann doch des Vaters Grab.
ÖDIPUS	Ein grosser, ich weiss, doch vor der, die lebt, bin ich in Angst.

Nach diesem Satz schweigt die Mutter seitenlang. Dann:

IOKASTE Und trotzdem, folge mir!

ÖDIPUS Unmöglich.

Vielleicht gefällt es ihm, dass seine Mutter Anspruch auf ihn erhebt. Vielleicht … Das Telefon unterbricht mich.

«Gut, erreiche ich dich.» Weinen.

Ich halte den Atem an.

«Albert und Mama hatten wieder Streit. Sie …» Samuel versucht weiterzusprechen, doch die Worte werden vom Weinen auseinandergerissen.

Ich warte, bis der Satz ganz ist, obwohl ich ahne, was Samuel peinigt.

«Sie zieht bei mir ein.» Schütteln in der Stimme.

Das ist also Agnes' Antwort auf den Brief.

Mir ist nach Türen zuschmettern und weglaufen. Weg an einen geschützten Ort, wo weder Samuels Verzagen noch Agnes' Telefonate hinkommen. Aber meine Angst würde mich auch dort erreichen. Also schmettere ich nichts.

Als das Schütteln nachlässt, sagt Samuel leise: «Ich habe doch wie alle anderen ein Recht auf ein eigenes Leben.»

«Ja, das hast du», bestärke ich ihn, während ich denke, warum sagst du das nicht zu deiner Mutter.

Nach einer Pause füge ich, so liebevoll ich kann, hinzu:

«Du kannst bei mir wohnen, bis sie eine eigene Wohnung gefunden hat.»

«Wie lieb.» Samuel schnäuzt sich. «Ich fürchte, eine bezahlbare Wohnung für sie zu finden, ist schwierig.»

«Für Pensionäre in Notsituationen gibt es Alterswohnungen. Ich kenne jemanden an der zuständigen Stelle, ein Schauspieler. Wenn du zusammen mit Agnes dort vorbeigehst, mache ich ihm die Dringlichkeit klar.»

«Wenn du nicht wärst, Süsse.»

Ich sehe aus dem Fenster. Einige Ahornblätter klammern sich ans Holz, als könnten sie sehen, dass andere am Fuss des Stammes verfaulen. Ob sie wissen, dass sie bei der nächsten Böe zu Boden fliegen?

45

Das Bewegen der Bettdecke holt mich aus dem Halbschlaf. Ich drehe mich zur Seite und verfolge mit ungeschärftem Blick Samuels sich aufrichtenden nackten Körper.

«Schlaf weiter, Süsse, ich gehe nach Hause.»

«Kannst du nicht schlafen?»

«Doch, bestens. Aber Mama ist morgens nicht gerne allein. Es macht sie traurig.»

Ehe ich etwas entgegnen kann, schleicht er sich aus dem Zimmer.

Draussen donnert es. Ich bin zu starr, um aufzustehen. Zu starr, um zu sagen, dass ich mich fühle wie die Geliebte eines verheirateten Mannes. Wie damals, als mich der Verleugner mitten in der Nacht allein liegen liess, damit ihn die Telefonkamera seines Sohnes am Morgen nicht beim Nichtzuhausesein ertappen konnte.

Wut treibt mich aus dem Bett. Auf dem Klo kehrt sie um, richtet sich gegen mich. Das habe ich nun davon, dass ich keinen Fuss mehr in Samuels Wohnung setze, solange sie von Agnes bewohnt wird. Ich bin es, die keinen Sex haben kann, wenn im Zimmer darunter eine Mutter liegt, nicht er.

46

Endlich wieder Sonne. Ich lasse mich den Hang hinunterrollen, als hätte es keine Regentage gegeben. Samuel hat es geschafft, Agnes für eine Alterswohnung anzumelden. Sie sehe ein, dass wir uns mehr Privatsphäre wünschen, sagt er.

Beim Betreten des Coiffeursalons schaut mich Selma anders an als sonst, doch ihre Fingerkuppen fahren wie immer durch mein Haar, als sie fragt, wie es mir gehe.

«Gut, bei diesem freundlichen Wetter.»

Warum ist Erleichterung in ihrer Stimme, als sie sagt, das freue sie?

Selma geht um mich herum, betrachtet mich von vorn. «Ich war bei einem Fotoshooting mit Agnes. Ich habe ihr schon einige Male die Haare gemacht, bekam aber erst diesmal mit, dass dein Samuel ihr Sohn ist. Sie sagte, sie müsse sich um Samuel kümmern. Ihr hättet Probleme. Da habe ich mir Sorgen gemacht.»

«Was?!» Wut richtet mich auf. «Spinnt die?!»

«Mach dir nichts draus, Carla. Agnes …», Selma sucht nach Worten, «… Hauptsache, Samuel und du wisst, dass es anders ist. Komm …», sie deutet auf das Waschbecken, «lass mich deine Haare waschen.»

Ich wechsle den Platz, lege den Nacken in die kühle Aussparung des Waschbeckens, schliesse die Augen. Die metallene Reibung des Schlauches bereitet mich auf die Nässe vor.

«Wie ist die Wassertemperatur?»

«Prima.» Es plätschert an meinen Ohren, doch meine Wut auf Agnes übertönt das Wasser. Glaubt sie allen Ernstes, dass sie sich um Samuel kümmert? Glaubt es Selma? Wie mächtig Erzählungen sind. Verhelfen Machthungrigen zur Präsidentschaft, bringen Leute dazu, sich Vorräte anzulegen, und bewegen Theaterbesucherinnen und -besucher zur Identifikation mit Königinnen, Verliebten und Verzweifelten.

Mein nasses Haar quietscht leise unter Selmas auswringenden Händen. Lügen müssen geglaubt werden, damit sie funktionieren. Andere Erzählungen wirken auch dann, wenn alle wissen, dass sie Erzählungen sind. «Es ist wie beim Mutter-Vater-Kind Spielen», sagte ich beim ersten Date zu Samuel. «Für Kinder sind Puppen Puppen und gleichzeitig Menschen. Das fasziniert mich.» «Mit Räumen ist es auch so», meinte er. «Ich durfte schon aus einem gewöhnlichen kleinen Zimmer ein Boudoir machen, in dem sich die Auftraggeberin fühlt wie ein Star. Jedenfalls sagt sie das.» «Du schenkst den Leuten Illusionen.» «Du auch.» Ich schüttelte den Kopf. «In meinen Stücken mache ich den Staub hinter den Möbeln sichtbar.» «Eine Staubaufwirblerin!», lachte er. «Und du?» Er legte drei Finger an die Lippen, wie oft, wenn er nachdenkt. «Ausstatter von Lebensträumen.»

Selma bittet mich zum Sessel vor dem Spiegel. «Lassen wir einen Teil der grauen Strähnen stehen?»

«Ja.»

Auf dem Heimweg trete ich wie eine Furie in die Pedale, mache mein Fahrrad zum Grollgetriebe. Als ein paar Fussgänger Anstalten machen, blindlings auf die Strasse zu treten, klingle ich wild. Träte mir jetzt Agnes vors Fahrrad. Also gut, sie will mich loswerden. Na und? Ich umfahre ein Auto, das auf dem Fahrradstreifen abgestellt ist. Hindernisse zu überwinden, ist Teil von Liebeserzählungen. Tamino muss in der *Zauberflöte* Prüfungen bestehen, damit er mit Pamina zusammenbleiben darf, Odette muss in *Schwanensee* ihren Prinzen aus Fluten retten. Und ich muss Intrigen aushalten, bis Agnes aufgibt, weil sie merkt, dass sie nichts bewirken. Oder bis es Samuel und mir egal ist, sie gegen uns zu haben.

Ich strecke den linken Arm aus, biege ab. Samuel wird es nicht egal sein.

Mein Puls schlägt bis in den Hals. *Ist das ein Verhör?* Seine Stimme klang, als spulte sie Sätze der Vergangenheit ab. Sie passten nicht zur Situation, nicht zu mir und nicht zu meinen Fragen.

Ich lege einen niedrigeren Gang ein, um den Berg hinaufzufahren. Ich strample durch Samuels Erfahrungen und muss dabei um Agnes herumkurven. Kann das gut kommen? Wäre es nicht klüger, aufzugeben?

Und dann?

Ich gebe nicht am hoffnungslosen Punkt auf. Ich will keine Tragödie.

47

Der Anruf reisst mich aus einer Besprechung mit Sophie. «Sie bekommt eine Wohnung! Schon in zwei Wochen kann sie einziehen!»

«Super! Was hält Agnes davon?»

«Sie versteht, dass ein Umzug unvermeidlich ist. Die Treppe schafft sie nicht mehr lange.»

«Die Treppe? Was ist mit der Treppe?»

Sophie gibt mir ein Zeichen, dass sie weiterarbeiten will. Sie sucht nach einer Regie-Idee, wie sie hinter dem Barbie-Film steckt. «Eine zwingende Idee, an der alle Spass haben», sagt sie.

Gemeinsam gehen wir populäre Erzählformen durch. Räuber und Gendarm passt nicht. Bei einem Krimi ist der Ablauf erwartbar. «Wie wäre es mit einem Game?», sagt Sophie.

Bestechend die Idee, Figuren auf der Bühne von gegnerischen Spielern führen zu lassen. Gamegegner suchen für ihre Figuren nur dann Eintracht, wenn sie dafür Punkte kriegen. Ein glückliches Ende ist ebenso möglich wie ein unglückliches.

Zu Hause setze ich mich sofort an den Schreibtisch und probiere Sophies Idee aus.

Ein MANN und eine FRAU müssen Probleme lösen. Auf der Bühne stehen aber nicht nur sie, sondern auch eine Gamerin und ein Gamer, die die beiden lenken.

Die Gamerin setzt die FRAU auf den Sessel neben der MUTTER, der Gamer schubst den MANN zu den beiden. Es beginnt ein Spiel, in dem jener Spieler Punkte bekommt, der der MUTTER am häufigsten ein Lächeln abringen kann.
Der Gamer lässt den MANN ein Glas Cava auftischen, die Gamerin die FRAU einen Spiegel bringen. Punkte für beide. Die FRAU bietet dem MANN ihren Sessel an, ein Punkt für die Gamerin. Der MANN hilft der Mutter mit dem Telefon, sie nimmt es ohne Lächeln hin. Die FRAU macht einen Kopfstand, sodass ihr speckiger Bauch zu sehen ist. Die Mutter lächelt. Der MANN will die Mutter wie eine Ballerina aus dem Sessel heben, sie kreischt vor Vergnügen.

Ich schaue zum Wald, der sich heute nach allen Seiten biegt. Eine Böe erfasst den Ahorn, zerrt dessen Äste in gegensätzliche Richtungen. Die letzten Blätter fliegen zu Boden.

Dass verschiedene Kräfte an einem Paar ziehen, lässt sich mit zwei Gamern darstellen. Doch in der Liebe geht es nicht ums Gewinnen einer Partei. Ein Paar gewinnt, wenn beide Punkte sammeln können.

Ich denke an die jungen Männer, die neulich beim Mittagspicknick neben Sophie und mir am Flussufer sassen. «Die haben ihre Freundinnen nicht im Griff», sagte der eine zum anderen. Der andere pflichtete ihm bei: «Es gibt keine richtigen Männer mehr.»

Ich traute meinen Ohren nicht. «Warum wird dieses Game noch immer gespielt», sagte ich zu Sophie. Sie schüttelte den Kopf. «Wir sollten sie fragen, ob ihre Beziehungen glücklich sind.»

Wenn die wüssten, dass Partnergames unterhaltsamer sind. Fürs gegenseitige Zuhören, sich Einbringen, Differenzen Aushalten gibt es hundert Punkte, für Alleingänge bloss zehn.

Ich stelle mir ein greises Paar vor, das sich aus Respekt voreinander adrett kleidet. In Hemd und Bluse nehmen die beiden die Wäsche von der Leine und tragen den Wäschekorb gemeinsam in die Wohnung. Am Nachmittag werkelt er an seiner Werkbank, sie liest und schreibt. Beim Einkaufen teilen sie sich die Aufgaben: Er besorgt Milch und Käse, sie Gemüse und Brot. Wieder zu Hause schaltet sie die Nachrichten ein, er legt sich hin. Nach dem Kochen und Essen feilschen sie, welchen Film sie schauen, und bedecken auf dem Sofa ihre Beine mit einer feinen Wolldecke. Manchmal massiert sie seine Füsse, manchmal legt er seinen Kopf an ihre Schulter.

Abends trifft Samuel mit einer Flasche Champagner bei mir ein. «Auf die Wohnung von Mama!», ruft er. «In zwei Wochen können wir uns auch wieder bei mir treffen!»

Samuels gute Laune gibt mir den Mut zu fragen, wie es kam, dass er mit seiner Mutter zusammenzog.

Freimütig erzählt er: «Als ich mit dem Dealen und den Partys aufhörte, blieb Joy und mir wenig Gemeinsames. Wir liessen uns scheiden. Das war vor sechs Jahren. Hätte ich damals gewusst, was neu anzufangen bedeutet. Ein Einkommen finden, eine Wohnung, neue Beschäftigung. War ein Scheissjahr, nicht nur für mich. Mama hatte keinen Cent bekommen bei der Scheidung vom dritten Ehemann, Melanie kam während der Trennung vom zweiten Ehemann nicht ans Geld heran, und ich hatte keinen Job. Also mieteten Mama und ich gemeinsam eine Wohnung. Ohne sie wäre ich in der Gosse gelandet. Oder in einer WG mit Typen, die nie putzen.»

Ich stutze. Mehr als fünf Jahre wohnte er mit Agnes und nicht zwei, wie er früher behauptete. Deshalb ihr Zeugs überall. Hat er die Geschichte der kranken Mutter erfunden?

Als mich Samuel küsst und ich seine Erleichterung spüre, lasse ich das Fragen sein. Agnes zieht aus. Samuel meint es ernst mit mir und unserer Beziehung. Das ist es, was zählt. Und für jetzt, dass ich mit ihm Sex möchte.

48

In meinem Fingerloch kannst du dich festkrallen
Der Obergriff sitzt
Vorsicht, sonst rutschst du vom Seitgriff weg

Mit Spiel und Licht könnten die Kletterbegriffe eine lustvolle Sexszene hergeben, aber ich bin nicht bei der Sache. Wut hat mich im Griff. Alles war gut und dann.

MANN	Ich kann nichts dafür, Süsse. Mama nimmt die Wohnung nicht. Sie zieht zu Albert zurück.
FRAU	Sie werden wieder streiten, und sie wird wieder bei dir landen.
MANN	Und du betrittst meine Wohnung wieder nicht. Ach, Süsse. Ich bin am Ende. Lass uns in die Berge fahren.

In diesem Spiel gibt es nur eine Gamerin. Sie manipuliert die Figuren, wie es ihr beliebt. Ich öffne das Fenster und schreie hinaus: «Elende Textstörerin! Wenn du nicht aufhörst, mich zu verfolgen, schreibe ich dich nieder!»

Wie gewalttätig das klingt. Als würde ich eine Figur aufs Papier drücken, bis sie aufgibt. Wie die Jungs in der Schule, die sich auf den Rücken eines anderen setzen, um zu siegen.

Ich schliesse das Fenster und schreibe, was war.

MANN und FRAU fliehen in die Berge. Der erste Tag ist, wie ihn sich die beiden gewünscht haben. Wandern, Sauna, Sex, Essen. Beim Wandern erzählt der MANN von seinem Deal mit dem Londoner Kerzenlieferanten. Er wolle leben, sagt er zur FRAU.

MANN Leben mit dir.

Am zweiten Tag werden der MANN und die FRAU um Mitternacht vom Telefon geweckt. Der Mann nimmt den Anruf nicht an, aber die FRAU ist wütend über die Störung.

FRAU Dieser Terror muss aufhören.

Am dritten Tag sind der MANN und die FRAU auf einer Wanderung plötzlich von grauen Bergziegen umringt. Er knipst sie begeistert.

MANN Mama würde sie lieben.

Er versendet die Fotos. Die Mutter ruft sofort an.

MANN Wie wäre es mit einer Ziege in Alberts Garten?

Lachend erzählt er ihr vom Frühstück in der Pension, von der Wanderung, der Sauna.
Gegen Ende der Wanderung kommen der MANN und die FRAU an einem Fünf-Sterne-Hotel vorbei, das wie eine Burg über dem Dorf thront. Der Mann holt an der Rezeption einen Prospekt.

FRAU Das können wir uns nicht leisten.

MANN Wir nicht, aber Albert.

Ein tiefer Sonnenstrahl trifft mich durchs Fenster. Ich ducke mich. Da flieht Samuel in die Berge, um Abstand zu gewinnen, und als er ihn hat, vernichtet er ihn. Wie ein Junge, der sich beim Spielen vergewissert, dass ihm die Mutter zusieht.

Abends, in der Bar, greift sich der MANN plötzlich an die Gesässtasche, schaut aufs Mobiltelefon und eilt vor die Türe. Es ist das erste Mal, dass er nicht in Gegenwart der FRAU telefoniert. Danach, beim Essen, ist er nachdenklich.

FRAU *(bedrückt)* Was ist los?

MANN Albert ist wütend, weil Mama während ihres gemeinsamen Ausflugs mit mir telefoniert und ihm vorgeschlagen hat, das Hotel zu buchen, das ich empfohlen habe.

Die FRAU verkneift sich eine Bemerkung.

MANN Ich bin immer der Depp. *(macht eine Handbewegung)* Lasst mich doch alle in Ruhe. Ich will nichts mehr hören und nichts mehr sehen.

Kaum sind der MANN und die FRAU aus den Bergen zurück, zieht die Mutter wieder bei ihm ein.

Nicht immer sind es die Männer, die ihre Familie im Griff haben wollen. In der Geschichte von König Ödipus will Königin Iokaste die Fäden in der Hand behalten. Doch sie kann nicht verhindern, dass Ödipus die Wahrheit über ihre Verwandtschaft erfährt. Entsetzt über den Inzest reisst er sich von ihr los. Kurz darauf berichtet ihm der Chor, Iokaste habe sich erhängt. Verzweifelt sticht sich Ödipus mit ihrer Brosche die Augen aus, um niemandem mehr ins Gesicht blicken zu müssen.

Ich könnte die Geschichte von Iokaste und Ödipus auch als Liebesgeschichte lesen. Ein unkonventionelles Paar hält sich gegen alle Widerstände die Treue. Da seine Beziehung gegen ein Tabu verstösst, wird es von faszinierten Chronisten so festgehalten: Eine Mutter heiratet ihren Sohn.

Warum erzählen wir am liebsten das Schaurige?

Sind Eltern gut zu ihren Kindern, wird das selten zur Geschichte. Die Umkehrung schafft es hingegen in Zeitungen, Filme, Bücher und Songs.

Mutter! Ich will dich töten!

Mit zwanzig wollte ich nicht mehr die Freundin meiner Mutter sein und errang Abstand.

Und jetzt verfolgt mich eine andere Mutter mit ihrer Bedürftigkeit.

Anders als Iokaste wird Agnes jammern und kranken, wenn sich ihr Sohn losreisst.

Und dann?

Wäre ich eine Gamerin, würde Ödipus siegen.

Ich bin keine Gamerin.

Ich bin Autorin.

49

«Das machen wir!» Sophie und ich lachen uns an wie vor 35 Jahren, als wir die Schmierigkeit eines Lehrers mit einem Streich abwendeten. Knallrot wurde er, als die ganze Klasse chorisch nachahmte, wie er «Sophie, ich erkläre Ihnen das gerne später» sagte.

Auch Kim und Janos sind Feuer und Flamme für Ioko und Dipus. Sie lesen, fragen, spielen. Nach einer Stunde höre ich Samuels Schritte in der Halle. Abgekämpft sieht er aus.

«Mama heult die ganze Zeit, Albert ruft immer wieder an, und im Laden herrscht Chaos, weil ich zu nichts komme.»

Ich umarme ihn. «Danke, dass du dir trotzdem Zeit nimmst für mich.»

«Eine willkommene Ablenkung», sagt er, und ich frage mich, ob ich richtig handle.

Schauspielerin und Schauspieler stellen sich ins Bühnenviereck. Kim hat als Zeichen fürs Altsein eine weisse Perücke aufgesetzt, Janos trägt als Zeichen fürs Jungsein eine Baseballkappe.

Die beiden mimen ein eingespieltes zärtliches Paar, das sich im Speisesaal des Palastes zum Abendessen trifft. Dipus erzählt von seinem anstrengenden Tag mit Regierungsgeschäften, Ioko von ihren Plänen, neue Vorhänge nähen zu lassen. Aus dem Radio singt Louis Armstrong La vie en rose. *Gabeln und Messer klappern auf den Tellern, der Nachrichtenjingle mischt sich ein. Dipus stellt das Radio lauter.*

WAHRSAGERIN: *(aus dem Radio)*	Die Ursache für die Pandemie ist gefunden. Es ist das Fehlverhalten des Königs. Er hat mit seiner Mutter drei Kinder gezeugt und damit gegen den Willen der Götter verstossen.

Ioko und Dipus erstarren.

DIPUS *(schreit)*	Du bist meine Mutter? Hast du das gewusst?

Ioko starrt auf den Teller.

DIPUS	Antworte: Hast du das gewusst?
IOKO	Vermutet. Du gleichst deinem Vater selig. *(Sie bricht in Tränen aus)*

Dipus ist ausser sich vor Wut. Sie weint lauter.

IOKO	Wir haben es doch schön miteinander.

Kim und Janos steigen aus dem Spiel aus, gesellen sich zu Sophie, Samuel und mir.

«Und jetzt?», fragt Janos. «Wie endet das Stück?»

Samuel schaut mich ratlos an. «Habt ihr Bier?»

Ich hole Bier aus dem Kühler.

Wie abgemacht, übernimmt Sophie das Wort. «Was denkt ihr: Was tun die beiden jetzt?»

Kim sagt, sie würde dem König raten, zurückzutreten und den Palast zu verlassen.

«Das ist nicht fair. Er kann an keinem anderen Ort König sein», widerspricht Janos. «Ioko kann hingegen anderswo ein schönes Leben führen.»

Samuel nickt. «Sie könnte zu ihren Kindern ziehen. Er entschuldigt sich danach beim Volk und regiert weiter. Er wusste schliesslich nicht, dass er etwas Unrechtes tat.»

«Und wenn die Kinder sie nicht wollen?», fragt Sophie für mich. «Die Kinder verzeihen Ioko vielleicht nicht, dass wegen ihr Tausende am Virus gestorben sind.»

Samuel legt drei Finger an die Lippen. «Wenn die Familie sie verstösst, bringt sie sich um.»

Janos schüttelt den Kopf. «Das ist die Logik der Antike. Das heutige Publikum würde das nicht verstehen. Ich denke, Ioko macht Dipus mit Suiziddrohung ein schlechtes Gewissen, damit er sie in einem der Gemächer des Palasts wohnen lässt.»

Kim hakt ein. «Aber Dipus durchschaut die Strategie. Sie macht ihn derart wütend, dass er Ioko Gift verabreicht. Eine Überdosis Schlafmittel, zum Beispiel. Danach kann Dipus den Trauernden geben und sich ein neues Leben aufbauen.»

Dipus trauere tatsächlich, schliesslich sei Ioko seine Mutter, wendet Samuel ein.

Nun wage ich es, etwas zu äussern. «Du hast recht, aber Trauer ist kein guter Schluss.»

Er nickt. «Stimmt. Ich mag Serien nicht, die traurig enden.»

Sophie schaut mich an. «Dann steigt er also zurück auf den Thron und verliebt sich neu.»

Ich erhebe das Glas. «Auf euch! Special thanks to Samuel!»

Beim Verlassen des Theatersaals scheinen Samuels Sorgen weiter weg zu sein als vier Busstationen und eine Treppe in den fünften Stock.

«Weisst du was, Süsse? Am Sonntag hat Mama Geburtstag. Es gibt immer eine kleine Feier. Komm doch auch.»

«Agnes wird das nicht wollen.»

«Das ist mir egal. Du gehörst zu mir. Punkt.»

50

Nicht schön, mein Spiel auf der Theaterprobe. Aber es hat gewirkt. Ich spüle die Seife ab, wickle mich in ein Badetuch.

Im Schlafzimmer überrascht mich Samuel mit einem Kleenex auf der Penisspitze.

«Ein Samstagmorgengespenst», lache ich. Ich lasse das Badetuch fallen, hebe das Kleenex an und küsse die Haut darunter. Er greift nach mir, Lustwellen spülen uns weg.

Als ich wieder auftauche, streichelt mir Samuel übers Haar. Stumm schauen wir uns in die Augen. Nach einer Weile blickt er auf die Uhr an seinem Handgelenk. «Heute verkaufe ich bestimmt gut.» Er setzt sich auf, schlägt die Bettdecke zurück.

Ich wische mir die Sexspuren vom Körper, ziehe mir etwas über und tische Frühstück auf, während er duscht.

Samuel rührt Zucker in den Kaffee, ich löffle Milchschaum. Gleichzeitig heben wir die Tassen an den Mund, trinken, stellen die Tassen auf die Unterteller. Samuel beisst in ein getoastetes Brötchen. Krümel fallen auf den Küchentisch.

Ich frage, was ich Agnes zum Geburtstag schenken soll.

«Mit Feiern ist morgen nix», sagt er. «Ich habe vergessen, es dir zu sagen. Mama fühlt sich zu schwach dafür.»

«Okay, dann lass uns die Ausstellung über Möbel aus dem 3-D-Drucker besuchen. Morgen ist der letzte Tag.»

«Morgen habe ich keine Zeit», sagt Samuel.

Schlagartig verstehe ich.

«Ich bin ausgeladen.»

«Süsse, sie will nur in der Familie feiern, das hat nichts mit dir zu tun.»

«Ich gehöre also nicht mehr zur Familie.»

«Es ist ihr Geburtstag.»

«Es war dein Einfall. Du wolltest an diesem Geburtstag ein Zeichen setzen.» Mein Körper wird eiskalt. Ich stehe auf, ziehe mir eine Strickjacke über. «Und jetzt?»

Samuel wirft den Kaffeelöffel auf den Untersetzer. «Das wird mir zu anstrengend.»

Um nicht einzubrechen, sage ich: «Wenn du deine Mutter über unsere Beziehung bestimmen lässt, haben wir keine Chance.»

Sein Gesicht erstarrt. «Wenn das so ist.» Er steht auf, geht an mir vorbei in den Flur.

Ich sehe ihm zu, wie er in seine Stiefel schlüpft und die Jacke anzieht.

Ich könnte ihn aufhalten.

Er könnte stehen bleiben, sich umbesinnen.

Er wischt sich mit der Hand Tränen aus den Augen, öffnet die Wohnungstüre und eilt davon.

Mein Bauch krampft. Fahrig räume ich die Tasse in den Geschirrspüler. Lieber allein sein, als das Leben mit einem Mann zu teilen, der sich von seiner Mutter gängeln lässt. Mein Körper schüttelt sich, den Kopf halte ich mit den Händen fest. Als das Schütteln nachlässt, gehe ich ins Bad, um die Nase zu schnäuzen. Zorn ergreift mich. Zorn gegen die Vergeblichkeit des Kämpfens. Zorn gegen meine Unfähigkeit, geduldig zu sein.

In Rage tippe ich ins Mobiltelefon: *Hallo, Agnes, fühlt es sich gut an, dem eigenen Sohn Liebe zu missgönnen? Freust du dich über seine Tränen?*

Ich sperre die Telefonnummer. Nie mehr setze ich mich der Macht einer Mutter aus.

Epilog

IOKO Wo bist du?

IOKO geht zum Esstisch, wo ein Strauss Rosen mit einer Karte steht. Sie liest laut.

Liebe Ioko, alles Gute zum Geburtstag! Herzlich Dipus

Sie murmelt vor sich hin.

Wo steckt er? Hat er sich aus Kummer verkrochen wegen dieser Möchtegernprinzessin?

Sie öffnet die Vitrine, um ihr Geschirr mit Goldrand zu entnehmen.

Dann decke ich den Tisch eben selbst.

Sie öffnet den Bauernschrank, sucht nach dem Silberbesteck.

Was hat er denn hier verstaut? Meine Zeitschriften, den Ohrring einer Ex, die Zinnvase meiner Mutter. Schämt er sich dafür?

IOKO deckt den Tisch. Dabei sieht sie immer wieder auf die Wanduhr, die elf Uhr anzeigt. Schliesslich greift sie nach ihrem Telefon, hält es sich ans Ohr.

Warum hebst du nicht ab?

Sie lauscht.

Oben ist er nicht.

Im Wohnungsschloss dreht sich ein Schlüssel.
Da, er kommt.
Sie eilt ins Bad, um sich zu parfümieren.

IOKOS Tochter MENE steht mit einer selbst gebackenen Torte in den Händen im Türrahmen.

MENE Alles Gute zum Geburtstag, Mama!

IOKO Wie lieb von dir! Bitte stell die Torte auf den Tisch.
IOKO geht auf MENE zu, um sie auf die Wange zu küssen.
Endlich sehe ich dich wieder einmal. Wie geht es dir?

MENE *MENE lässt sich nur kurz umarmen.*
Gut. Wo ist Dipus?

IOKO Er will mich mit etwas überraschen.

MENE Aha.
Sie setzt sich an den Tisch.
Ich bleibe nicht lang. Wir gehen zu einem Pferderennen.

IOKO *IOKO setzt Teewasser auf, gibt Teekräuter in einen Krug.*
Dipus wird jeden Moment hier sein. Erzähl etwas von dir, mein Schatz.

MENE Ich biete jetzt Schmuck an,
wie ihn Lady Diana getragen hat.
Läuft super.

IOKO Dipus und Caro waren im Sommer in London.

MENE Ist das die, für die er den Ring gekauft hat bei mir?

IOKO Sie war seine Freundin.

MENE Hast du wieder eine vergrault.

IOKO greift nach dem Telefon, lässt es lange klingeln. Schliesslich meldet sich Dipus.

DIPUS Mama, ich stelle dich auf Lautsprecher, damit dich Caro auch hören kann.
Happy birthday!

IOKO Dipus, hast du meine Feier vergessen? Mene und ich warten auf dich.

DIPUS Ich bleibe bei Caro.

IOKO *IOKO sackt zusammen.*
Ich kriege keine Luft. Bitte hilf mir, Mene.

MENE *MENE wählt eine Nummer.*
Ich brauche einen Arzt.
Sonnenallee 5.
IOKO atmet schwer und klammert sich an MENE. Als der Notarzt eintrifft, küsst die Tochter sie auf die Stirn.
Ich muss los. Mach, was der Doktor sagt, und es geht dir bald wieder gut. Tschüss.

IOKO Ihr könnt mich doch nicht allein lassen.

DIPUS *Dipus spricht noch immer via Telefonlautsprecher.*
Herr Doktor, melden Sie meine Mutter bitte im Pflegeheim an, sie wird die Treppe morgen nicht mehr schaffen.

Das Bühnenlicht wird ausgeknipst wie eine Nachttischlampe. Sophie und ich stehen neben der Inspizientin und geben uns schweissig die Hände, bis der Applaus loslegt. Dann klatschen wir Kim und Janos zu.

Wie immer in Romanen sind Ähnlichkeiten mit lebenden und toten Personen rein zufällig.

Literatur- und Musikverzeichnis

The Doors, *The End*
Eurythmics, *Miracle of Love*
Nina Simone, *Feeling Good*
Sophokles, *König Ödipus*
Sister Sledge, *We are Family*
Richard Strauss und Richard Dehmel, *Befreit*
Diana Ross, *Ain't No Mountain High Enough*

Aufgrund ausbleibender Rückmeldungen konnten bis zum Zeitpunkt der Drucklegung nicht alle Abdruckrechte geklärt werden. Gerne ergänzen wir im Falle weiterer Auflagen.

Dank an

Dominic Büttner
Stiftung Landis & Gyr für die Residency in London
Stadt Zürich fürs Covid-Stipendium
Marc Koralnik und der Agentur Liepmann
Maria Mair, HarperCollins/Nagel & Kimche
Evelyn Bubich, freie Lektorin
Mario Rauter, Patricia Siebenmann, die Drehbuchschreibenden Urs Bühler, Joachim Böttcher, David Frédéric Geiser, Ilona Sturzenegger, Kaija Ledergerber, Dolores Wenger,
sowie an Milena Moser und alle Freundinnen und Freunde